나는 꽃같이 열심히 살고 했었다

2022 꽃향미

프롤로그

∗∗∗ ♡ ∗∗∗

나는 30년째 독일에서 살고 있다. 2020년 봄, 코로나 염병이 전 세계를 덮쳐 집에 갇혀 지낼 때다. 우연히 스위스 여성 등반가 에벌린 빈자크(Evelyne Binsack)의 강연을 보았다. 1967년생 나와 동갑내기다. 남극과 북극, 그리고 세계의 높은 산들을 누비며 인간의 한계를 박살 내는 게 이 양반 직업이다.

에베레스트산 정상에서 하산하던 얘기를 들려줬다. 같이 등반했던 3명의 산악인이 하산 길에 죽었단다. 정상에 오르면 뭐 하는가, 하산하다 못 돌아올 수도 있는데. 정상에 오르려고 기를 쓰듯, 내려올 때도 기를 쓰고 내려와야 한단다. 그래야 살아서 다음 정상에 오를 수 있다며.

인생 2막과 은퇴 시기를 고민하던 내게 죽비 같은 내용이었다. 나는 기 쓰고 올랐던 인생의 정상에서 공들여 내려오기로 했다. 하강의 충격을 줄이려 서서히 고도를 낮추는 비행기처럼, 나는 완만한 은퇴를 계획했다. 4년 준비기간을 거친 후 2024년 말에 퇴사하기로 마음먹었다.

2020년 가을, 나는 집에서 맥없이 쓰러졌다. 쓰러지던 날이 이 세상에서 나의 마지막 날이었다면 차마 눈을 감지 못했을 거다. 열심히 산 삶에 하마터면 딴지를 걸 뻔했다. 나중이 없을 수도 있다는 것을 알게 됐으니 나는 그만 열심히 살기로 했다. 휘몰아치는 삶에서 한발 물러나 나중으로 미뤄뒀던 것들에 지금을 내어주기로 했다. 완만한 은퇴를 하려던 나는 계획을 바꿔 이듬해 2021년 12월 31일에 다니던 회사를 그만뒀다.

지금은 내 인생의 하프타임(Halftime, 경기에서 전반과 후반 사이에 있는 휴식 시간)이다. 내년 가을에는 독일에서의 삶을 정리하고 남편과 내 고향으로 돌아가 본격적인 인생 2막을 시작하려 한다. 후반생으로 건너가는 길목에서 잠시 뒤돌아보며 회고와 성찰의 시간을 갖는다. 전반생과 공들여 이별하는 내 나름의 방식이다. 예를 다한 이별이 있어야 멋진 후반생을 만날 수 있다고 믿는다.

은퇴 후 한국에서 살겠다는 딸의 말에 여든의 엄마는 말했다.

"92년 가을, 공항에서 잃어버린 딸을 이제야 다시 찾은 것 같네. 어서 와라."

불효도 이런 불효가 없다. 부모님과 이웃으로 살다가, 들기름 짜놨으니 가져가라시면 냉큼 가서 받아와야겠다. 자주 얼굴 보여드리고 오순도순 기억을 공유하며 늦은 효도를 할 때가 이제 그리 멀리 않았다. 30년을 기다려주신 나의 부모님께 이 책을 드린다.

2022년 8월 1일
독일 도나우 동네에서 이현주

차례

나는 그냥

열심히 살기로 했다

2022 꽃향기

나는 그만 열심히 살기로 했다

2020년 10월 어느 금요일 밤, 나는 부엌에서 정신을 잃었다. 쓰러지던 찰나의 기억은 없다. 다급하게 나를 깨우는 남편의 목소리와 뒤통수의 통증만 떠오를 뿐이다. 구급차로 실려 가는 동안 의사가 점심에 뭘 먹었는지 물었지만 나는 답할 수가 없었다. 내가 뭘 먹었더라...

사흘간의 온갖 검진 후에 '아주 멀쩡'이라는 진단을 받고 퇴원했다. 스트레스가 원인인 듯하다고 했다. 한 달 병가를 냈다. 직장 동료들에게는 미안했지만, 죽다 살아오니 보이는 것이 없었다. 병가로 쉬는 동안 시간을 되감아 봤다. 코로나 염병 때문에 2020년 3월 중순부터 시작한 재택근무는 반년을 넘기고 있었다. 새 제품 출시를 앞두고 나는 밤에 쉽게 잠들지 못했다. 자려고 누웠지만 안 풀리는 문제를 끌어안고 머릿속으로 기나긴 줄의 코드를 쓰며 이리저리 뒤척이다가 간신히 잠들곤 했다. 코로나로 집 안에 갇힌 채 스트레스가 임계치를 향해 치달았지만 들여다볼 겨를이 없었다. 그러다 나는 쓰러졌다. 정신이 번쩍 났다. 2024년으로 계획했던 퇴사를 앞당기기로 했다.

나는 쓰러지고 나서 1년 2개월을 더 일했다. 회사를 그만두기로 결심하고 끝이 보이니 나를 넘어뜨린 스트레스는 열정으로 바뀌었다.

눈 부라리고 쪼아대던 회의에서 끝까지 듣는 여유도 생겨났다. 밉상인 동료마저 애틋해졌다. 직장인으로 사는 오늘은, 은퇴자로 사는 내일이 그리워할 시간이었다.

염병이 기승을 부리는 바람에 100% 재택근무가 가능했다. 회사가 있는 루르(Ruhr) 공업지대의 내 집에서 일하든, 스위스의 융프라우(Jungfrau) 꼭대기에서 업무를 보든 일하는 장소는 더 이상 중요하지 않았다. 복잡한 공업지대에서 계속 살 이유가 없었다.

2021년 가을, 남편과 나는 도나우(Donau)강이 흐르고 산에 둘러싸인 동네로 이사했다. 그리고 재택근무를 한 지 2년이 되어가던 2021년 12월에, 나는 54세의 나이로 '월급 꼬박꼬박 나오는, 잘 다니던' 직장에서 퇴사했다. 독일에서 학생으로, 소프트웨어 개발자로 치열하게 살았던 나의 전반생에 스스로 휘슬을 불었다.

돌아보니 코로나 염병은 내게 위기가 아니라 후반생의 문을 여는 기회였다. 내 안의 소리에 귀 기울이게 했으며 인생의 판을 새로 짜는 트리거가 되었다. 이제 나는 지금껏 달리던 발을 멈춰 가보지 않은 길을 걸어볼 참이다. 그 길에서는 열심히 말고 재밌게 살고 싶다.

나는 독일에서 50대 아줌마 개발자였다

나는 독일에서 20년 넘게 소프트웨어 개발자로 일했다. 30대부터 50대를 개발자로 살았다. 치열했으나 뿌듯했고 재밌었으나 힘들었던 때는 흰머리가 꽤 늘어난 50대였다.

50대 개발자로 일했던 마지막 회사는 독일의 노동청과 복지부에서 사용하는 소프트웨어를 만드는 IT 회사였다. 첫 부서에서 나의 업무는 기존 제품의 유지관리와 보수였다. 내 능력의 60~70%만 투입하면 해결되는 업무였다. 나 또한 굳이 내 능력의 100%를 꽉 채우려고 일 욕심을 부리지 않았다. 퇴근길에 장을 봐 저녁밥 짓는 데 공을 들이고, 헬스장에 등록해 운동하며, 빛의 속도로 쏟아지는 IT 기술을 짬짬이 공부할 수 있는 시간적 여유가 생겼다. '이게 사는 거지, 뭐'라고 스스로 다독였지만 속은 시끄러웠다. 업무는 지루했고 개발자로 일하던 설렘은 사라졌다. 도전 없이 하던 일만 계속하면 시장에서 점점 도태되어 이직이 어렵다는 불안감도 쌓여갔다. 나이 들어 계속 개발자로 일하고 싶으면 하루라도 빨리 이직해야 했다.

입사 후 2년 정도가 지나 이직을 준비하던 즈음에 차세대 제품을 개발하는 부서가 신설됐다. 완전히 판을 엎는 개발 환경과 협업 시스템이었다. 새 부서는 기존 개발자 대신 신기술과 웹 기반 업무에 경력이 있는 외부 지원자들로 채워졌다. 차세대 제품의 개발언어로

Java가 채택됐다. 기존 제품의 주 개발 언어인 C++와 C#을 버리자, 기존 부서 개발자들이 벌 떼처럼 일어났다. 노조까지 합세해 새 부서의 개발 콘셉트를 공격했다. 하지만 관리자들과 외주 컨설팅 회사는 끈질긴 설득과 함께 Java를 주 개발언어로 하는 웹 기반의 설계를 밀어붙였다. 기존 개발자들의 불만과 불안이 쉬 가라앉지 않았다. 기존 제품이 완전히 탈바꿈한 새 제품으로 대체되면 이들의 일자리는 위협받을 수밖에 없으니까.

새 부서에 지원하기가 껄끄러운 분위기였지만, 시장은 변하고 있었고 내게는 신기술에 올라탈 기회였다. 나는 새 부서에 지원하기로 마음먹었다. 지원해서 탈락이라도 되면 이직은 선택이 아닌 필수가 되겠지만, 나는 이 기회를 놓치고 싶지 않았다. 무엇보다도 설레지 않는 일을 더는 하고 싶지 않았다. 나를 비롯해 몇몇 젊은 동료들이 새 부서로 지원서를 냈다. 최종 심사에 20대 후반 동료 둘과 내가 합격했다. 그렇게 나는 여유롭지만 설레지 않는 업무를, 도전과 더할 나위 없는 스트레스와 맞바꾸었다. 내 나이 막 쉰하나가 되던 해였다.

새 부서에서도 시니어 개발자 직책을 유지했지만, 내 시니어 경력이 새 개발 환경에 도움이 될 만한 것은 아니었다. 실무에 사용한 적 없는 개발언어 Java를 시작으로, 웹 기반의 개발 콘셉트와 설계까지 공부할 내용이 산 넘어 산이었다. 스스로 따뜻한 아랫목을 박차고 나왔으니 발목에 단단히 힘주고 넘어보기로 했다. 홧팅!

관악산인 줄 알았는데 넘고 보니 설악산이었다. 어쩌면 관악산이었는지도 모르겠다. 나이 쉰 넘어 오른 관악산이 설악산으로 느껴졌을 수도. 새 기술을 익히느라 저녁과 주말 없는 삶이 석 달 정도 지속되었다. 부서 이동을 했어도 나는 신입이 아닌 시니어 개발자였다. 새로 익힌 기술을 나의 노하우와 융합해낼 수 있는 지점까지 가야 했다.

'네가 미쳤던 거지? 너 잘하는 거 하다가 은퇴하면 되잖아. 고생을 사서 하고 있구먼.'

이런 생각을 안 했다고 하면 거짓말이다. 하지만 나는 나를 잘 안다. 나 잘하는 것만 하면 편안한 은퇴 전에 지루해 죽을 수도 있다는 것을.

새로운 흐름에 올라타기로 결심한 순간, 나의 화두는 '내려놓기'였다. 내 손에 든 손도끼를 내려놓아야 레이저 빔을 쥘 수 있으니까. 매일 출근길에 '라테 꼰대'는 되지 말자고 다짐했다. 나이 듦은 기침처럼 숨긴다고 숨겨지는 것도 아니니 안 늙은 척하는 것도 내려놓기로 했다. 다초점 안경으로도 보이지 않는 깨알 같은 코드를 동료의 모니터로 같이 들여다볼 때는 노안 안경을 썼다. 나중에는 동료들이 알아서 글자 크기를 키워줬다. 반백의 머리로 노안 안경을 걸치고 신기술로 무장한 차세대 제품을 만들던 나는 50대 아줌마 개발자였다.

2021년 말 회사를 떠날 때 우리 부서에는 60여 명의 개발자가 일하고 있었다. 나는 두 번째로 나이 든 개발자였다. 환갑을 앞둔 동료, 나, 그리고 동갑내기. 동갑내기 동료는 구루 갑질을 해대다 자기 팀에서 쫓겨나 일 년 넘게 병가를 냈다. 내가 퇴사할 때까지 그는 복

11

귀하지 못했다. 40대 개발자도 꽤 있었지만, 대부분이 30대 개발자였다.

50대 중반까지 개발자로 일하는 것이 독일에서도 그리 흔하지 않다. 많은 개발자가 40대가 되면 관리직이나 영업직으로 방향을 튼다. 나이 오십 넘어도 경력 있는 개발자를 찾는 회사는 많다. 적어도 독일에서는 본인이 원하면 나이 들어도 개발자로 일할 수 있다. 실력 있는 시니어 개발자는 관리자 못잖은 연봉을 받는다. 그런데도 왜 오십 넘은 개발자가 드문 걸까? 지극히 개인적인 견해로, 나는 빠르게 발전하는 IT 기술과 협업 환경의 변화를 이유로 꼽는다.

젊어서 입사해 나이 들어가면 재교육도 받고 스스로 살아남으려고 무한 노력을 한다. 이 경우, 개발자로 계속 일할 수 있다. 하지만 마흔 넘어 이직하는 순간이 오면 상황은 녹록지 않다. 현재 업무에 최적화되는 동안 IT 기술은 빠르게 발전하고 세분되어있다. 기업은 마흔 넘은 개발자에게 실무 노하우뿐만 아니라 신기술 탑재, 더 나아가 교육까지 요구한다. 지금 하는 업무와 관계없더라도 폭넓은 시야로 기술의 흐름을 읽고 끊임없이 공부해야 한다. 그래야 머리 희끗희끗해져도 개발자로 일할 수 있다.

협업 문화 역시 빠르게 변하고 있다. 외모가 늙는 건 내가 어찌할 방도가 없다. 젊어 보이려고 머리 염색하고 보톡스 맞을 생각 전혀 없다. 노안 안경이 어때서? 안 보이면 써야지. 하지만 마음이 늙는 것은 내 탓이다. 어느 분야든 20년 넘게 일했으면 베테랑이다. 이게 위험하다. 협업보다는 이끌고 싶어 한다. 그러자니 목소리가 커지고 독단이 많아진다. 구루는 말이 아닌 실력으로 평정한다. '라떼'는 잊고 팀원들과 같은 눈높이로 협업의 문화를 만들어가야 한다.

나는 환갑 넘어서도 개발자로 일할 줄 알았다. 이 일이 좋아서 나이 들어도 계속하려고 편해질 만하면 이직을 했다. 비우고 채우면서 개발의 흐름을 놓치지 않았다. 그러다 쉰세 번째 생일이 얼마 지나지 않아 과도한 스트레스가 나를 넘어뜨렸다. 이후 나는 개발자의 삶이 아닌 다른 인생을 살아보기로 했다.

오랜 시간 IT 전문가로 일하며 쌓아온 지식과 경험이 아깝지 않냐고 남편이 물었다. 전혀 아깝지 않다. 아쉬움도 없다. 시간을 되돌려 직업을 선택하는 순간이 다시 온대도 나는 주저 없이 개발자로 일할 것이다. 하지만 개발자로 사는 건 여기까지다. 나 자신에게 손뼉 치며 떠날 수 있어 감사할 뿐이다.

'야반도주'를 하다

2021년 가을, 남편과 나는 필사적으로 루르(Ruhr) 공업지역을 떠났다. 그곳에서 9년을 살았다. 우리들의 직장 때문에 정착한 곳이었지만, 사는 내내 마음이 가지 않았다. 일단 사람이 너무 많았다. 축구 (정확히 말하면 FC Schalke 04 또는 Borussia Dortmund 축구팀) 아니면 할 얘기가 없었다. 그리고 개똥을 치우지 않았다. 이것만으로도 그 동네를 떠날 이유가 충분했다.

루르 공업지역은 여러 도시로 이뤄진 메트로폴리스다. 이에 속한 대표적인 도시가 에센(Essen), 보훔(Bochum), 도르트문트(Dortmund) 등이다. 2차 세계대전 후 철강과 석탄 산업의 발달로 튀르키예, 그리스, 이탈리아 등에서 온 외국인 노동자들이 이 지역의 탄광에서 일했다. 1960~70년대 대부분의 한국 광부들이 일했던 곳이기도 하다.

내가 살던 곳에는 폐광산이 많았다. 석탄을 캐 정제해 파는 것보다 수입산이 저렴하기 때문에 90년대 이후 대부분의 탄광이 문을 닫았다. 폐쇄된 탄광은 공원으로 조성되거나 상업 부지로 탈바꿈됐다. 교회 할머니 말에 따르면, 탄광이 한창 가동되던 때에는 석탄 가루 때문에 빨래를 밖에 널지 못했다고 한다. 지금은 나무를 많이 심어 공기도 좋고 살기 좋아졌다지만, 내게는 살기 참 불편한 동네였다.

어디를 가든 차가 막히고 병원 예약은 두어 달이 걸렸다. 그리고 무엇보다도 개똥을 치우지 않았다.

개똥 때문에 이사를 진지하게 고민하는 것이 이상해 보일 수 있겠다. 문제는 개와 개똥이 (흠, 이건 좀 문제일 수도 있겠다) 아니다. 그걸 치우지 않는 사람들의 마음가짐이다. 남의 집 앞, 길 한복판, 공원 잔디 속 촘촘히 싸놓은 개똥을 처리하지 않고 사라지는 사람들이 이웃에 대해 무슨 다른 배려를 하겠는가! 사는 동네가 맘에 안 든다고 직장을 그만두고 다른 동네로 이사 갈 수는 없는 노릇이었다. 물론 70~80km 외곽으로 나가면 강과 숲 가까이서 살 수는 있었지만, 출퇴근 때마다 미어터지는 고속도로 때문에 엄두가 나지 않았다.

마뜩잖은 동네에서 산 지 8년째로 접어들던 2020년 가을, 나는 부엌에서 까무러쳤다. 내가 쓰러지는 순간을 목격한 남편은 그만 일하고 다르게 살아보겠다는 나의 바람을 순순히 받아들였다. 직장이라는 족쇄를 떼어내기로 하니 '개똥 동네'를 떠나고 싶은 마음이 간절해졌다.

사실 나는 은퇴와 동시에 이사 대신 한국으로 영구귀국을 하고 싶었다. 30년이면 독일에서 참 많이도 살았다. 하지만 남편은 계속 일하고 싶어 했다. 한국에서 일자리를 찾으면 되겠지만 나는 남편과 한국에서 일 말고 하고 싶은 것이 너무 많다. 우리는 이러기로 했다. 내 소원대로 2023년 추석에는 둘이 손 꼭 잡고 한국에 가서 살기로. 그때까지는 1년 반 정도의 시간이 있으니 나는 은퇴 후 숨 고르는 시간을 갖고, 남편은 일을 계속하면서 자신의 은퇴를 고민해 보기로.

지금껏 우리가 사는 곳을 결정하는 요인이 직장이었다면, 이제는 우리가 살고 싶은 곳에서 살고 싶었다. 한국으로 터전을 옮기기 전에 우리는 남편의 고향인 바이에른(Bayern)주의 물 좋고 산 좋은 동네에서 원 없이 살아보기로 했다. 남편도 고향이 그리웠나 보다.

이사를 결심하고 실행에 옮기기까지 1년 남짓한 시간이 걸렸다. 그사이 남편은 회사와 100% 재택근무를 조율했다. 이사할 곳도 알아봐야 했다. 휴가 때마다 바이에른주에 살만한 동네를 물색하러 다녔다. 그러다 도나우(Donau)강이 흐르는 '도시인 듯 도시 아닌 듯'한 동네에 눈과 마음이 꽂혀 2021년 9월에 이사했다. 개똥 동네에서 620km나 떨어진 곳이다.

도나우 동네까지는 꽤 먼 거리라 이틀에 걸쳐 이사했다. 이사 당일 이삿짐센터가 늦게 일을 시작하는 바람에 이삿짐을 실은 트럭은 늦은 오후에서야 출발했다. 남편과 둘이서 청소를 마치니 저녁 9시가 되어가고 있었다. 이삿짐 인부들과 다음 날 아침 9시에 짐을 들이기로 약속한 터라, 우리는 요기도 못 하고 서둘러 도나우 동네로 떠났다.

늦은 시간이라 다행히 고속도로는 막히지 않았다. 문제는 릴레이처럼 나타나는 공사 구간이었다. 독일 고속도로를 속도제한 없이 달릴 수 있다는 말은 반만 맞다. 끝없이 이어지는 공사 구간 내내 60~70km 속도로 달려 도나우 동네에 도착했을 때는 새벽 4시경이었다. 꼬박 7시간을 운전한 남편과 입으로 운전한 나는 (교통사고 트라우마 때문에 나는 야간 운전을 못 한다) 예약해둔 집 근처 호텔에서 4시간을 죽은 듯이 잤다. 그렇게 우리는 개똥 동네에서 필사적으로 '야반도주'를 했다.

　강이 흐르고 숲에 둘러싸인, 무엇보다도 길바닥에 개똥이 (거의) 없는 도나우 동네에서 산 지 어느새 2개월째로 접어든다. 감사한 하루하루다.

야콥의 호박

야콥은 이웃집 아홉 살 난 꼬마의 이름이다. 도나우(Donau) 동네로 이사 와서 사귄 첫 이웃의 아이다. 말없이 제 엄마 곁에 서 있기만 하던 야콥이 낯이 익자 저세상 말을 쏟아내기 시작했다. 내가 도저히 알아들을 수 없는 바이에른(Bayern) 사투리다. 올망똘망 귀엽게 생긴 아이 입에서 흘러나오는 별나라 말에 홀려 나는 눈에 하트 서너 개는 달고 연신 고개를 끄덕인다. 아이는 자기 말을 못 알아듣는 나를 이해 못 하는 눈치다. 야콥은 나의 표준 독일어를 잘 알아듣는다.

작년 가을 이삿짐 정리가 대충 끝나갈 무렵, 두어 번 마주친 야콥이 제 엄마와 함께 우리를 찾아왔다. 야콥 엄마의 두 손에는 커다란 호박이 들려 있었다.

"야콥이 추수한 호박이에요. 수프로 먹으면 맛있어요."

세상에나, 저 콩알만 한 아이가 호박 농사를 지었다니. 아이와 눈을 맞추며 고맙다 말하자 수줍게 제 엄마 곁으로 바짝 다가섰다. 야콥의 누런 호박덩이가 남편에게 받는 꽃만큼 예뻐서 거실 장 위에 꽤 오랫동안 놓아두었다.

가만히 보면 야콥은 참 바쁘다. 아침 7시 25분이면 학교에 가려고 집을 나선다. 그전에, 키우는 메추리들이 밤새 안녕한지 둘러본다.

정오쯤 집에 돌아와서는 메추리의 사료와 물을 확인한다. 봄이 오려는지, 야콥이 마당에 있는 텃밭에서 일하는 시간이 부쩍 늘었다.

'아하, 저 밭에다 호박 농사를 지었던 거구나.'

나는 야콥이 총총거리며 다니는 뒤꽁무니를 창문 너머로 하트 뿅뿅 날리며 바라본다.

야콥의 아빠는 건축가다. 아빠 따라 농사짓는 줄 알았더니 농사는 오로지 야콥의 몫이다. 메추리들도 야콥 것이다. 야콥의 별나라 말을 내 나름대로 이해한 바에 따르면, 애초 메추리들은 열세 마리였단다. 사육장 안에서 세력 다툼을 벌인 뒤에 몇 마리가 죽었고 겨울이 되면 털갈이하느라 알을 많이 낳지 못한다고 했다. 호박 농사에 이어서 또 한 번 놀랐다.

'메추리들도 세력 싸움을 하는구나. 그걸 이 꼬맹이가 아는구나!'

언젠가 야콥에게 농가에서 파는 메추리 알이 열 개에 3유로 50센트(약 4,500원) 한다고 말했더니 너무 싸다며 정색했다. 유지관리비와 노동까지 계산하면 한 알에 1유로를 받아야 한다며. 아홉 살 아이의 경제 개념에 감탄이 절로 나왔다. 야콥의 메추리 알은 아직 선물로 받지 못했다. 맛난 걸로 살살 꼬셔봐야지.

한번은 바깥이 시끄러워 내다보니 예닐곱 명의 아이들이 메추리 사육장 앞에 둘러서서 재잘거리고 있었다.

'홋, 병아리들이 메추리를 보고 있네.'

나중에 물어보니 야콥 반 아이들이 메추리 키우는 것을 보려고 견학 온 거란다. 옆집 꼬마 덕분에 견학에는 여러 종류가 있다는 것을 알게 되었다.

야콥 엄마는 카니발(Karneval) 방학이 빨리 왔으면 좋겠단다 (바이에른주에는 3월 초에 일주일간 카니발 방학이 있다). 아이가 점수 욕심이 많아서 성적이 조금만 떨어져도 안절부절못한다며. 방학 때는 학교 공부를 잊어버리도록 자주 밖으로 데리고 나가야겠다며 야콥보다 더 방학을 기다린다. 아이는 오후에 학원 가는 대신 텃밭에서 농사를 짓고 메추리들을 돌본다. 엄마는 점수 욕심이 많은 아이가 못마땅하다. 참 낯선 풍경이다.

은퇴는 처음이라

자발적 은퇴를 한 지 석 달이 넘어선다. 석 달 남짓 동안 늘어지게 낮잠을 잔 적이 없으며 밤새워 넷플릭스로 한국 드라마를 본 적 또한 없다. 사실 나는 넷플릭스 계정이 없다. 집에 TV도 없다.

남편은 아침 6시, 나는 그보다 30분 늦게 일어난다. 먼저 잠에서 깬 남편은 과일과 오트밀을 꺼내 조리대 위에 올려놓고 달걀 두 알에 구멍을 뚫어놓는다. 식탁을 정리하고 샤워를 한 후에 나를 깨운다. 나는 씻고 부엌으로 가 과일을 잘게 썰고 오트밀을 우유에 불린다. 불린 오트밀에 채 썬 과일과 잘게 부순 호두를 섞는다. 달걀은 6분 반숙으로 익힌다.

이 스위스식 시리얼과 반숙 달걀이 우리의 아침밥이다. 내가 아침을 준비하는 동안 남편은 30분 정도 산책을 다녀온다. 집에서 몇 걸음만 걸으면 자연보호구역이다. 산책에서 돌아온 남편과 아침 식사를 마치면 8시쯤 된다. 남편은 자신의 서재에서 재택근무를, 나는 내 서재에서 나의 하루를 시작한다.

남편의 아침 산책과 공들인 아침 밥상은 불과 몇 달 전만 해도 상상할 수 없는 풍경이었다. 재택근무를 하기 전에 남편은 교통 체증이 심한 루르(Ruhr) 공업지대의 고속도로를 운전해 출근했고, 나는 아침 회의에 늦지 않으려고 부랴부랴 집을 나섰다. 재택근무로 달라진 것은 별로 없었다. 우리는 늘 시간에 쫓겼고 마주 앉아 밥 먹을 시간도 없었다. 주말에서야 느긋한 아침을 보낼 수 있었다.

은퇴하고 제일 하고 싶은 것은, 남편과 매일 아침밥을 먹는 것이었다. 이제 우리 부부는 둘이서 준비한 아침 밥상을 마주하고 감사기도로 하루를 연다. 남편이 재택근무를 마치는 오후 5시면 나 역시 나의 하루를 마감한다. 이후는 남편과 함께하는 시간이다.

오전 8시부터 오후 5시까지 나의 하루에는 계획이 없다. 내 서재의 한쪽 벽에는 'Todo'라 쓰인 A6 규격의 녹색 포스트잇이 붙어있다. 그 아래로 노란색의 여러 작은 포스트잇들이 우선순위에 따라 달려있다. 노란 포스트잇 하나당 할 일 혹은 하고 싶은 일이 적혀있다. 여러 항목을 하나의 포스트잇에 적지 않는다. 매일 포스트잇의 우선순위를 확인하고 재배치한 후, 맨 위에 달린 포스트잇에 파란 동그라미 스티커를 붙인다. 바로 오늘 내가 할 일이다.

일이 끝나면 날짜를 적고 파란 스티커를 떼어낸 후 녹색의 A6 'Done' 포스트잇 아래로 옮겨 붙인다. 내가 회사에서 일했던 방식인 스크럼(Scrum)을 약간 변형해서 적용한 것이다. 스크럼에 따르면 'Todo(할 일)'와 'Done(완료)' 사이에는 'In Process(처리 중)'가 있어야 하지만 나는 대용으로 엄지손톱만 한 스티커를 사용한다. 하루 치 일감이면 노란 포스트잇의 오른쪽 위에 파란 스티커를 붙이고 여러 날이 걸리면 빨간 동그라미 스티커를 붙인다.

Todo 포스트잇에는 거창한 뭔가가 쓰여 있는 것이 아니다. 예를 들면 '다림질하기', '중고 사이트에서 OOO 팔기', '기타 줄 갈기' 등

일상의 할 일들이다. 일을 마치고 Done 밑으로 모아놓으면 성취감이 생기고, 저녁쯤에는 마무리한 일 중심으로 하루를 다시 들여다볼수 있어 좋다.

나는 주머니에 메모지와 펜을 늘 지니고 있다가 수시로 메모한다. 메모지에 적어둔 내용은 한꺼번에 노란 포스트잇으로 옮겨 쓴 후 우선순위를 매긴다.

나는 오늘 무엇을 할지 고민하지 않는다. 굳이 결심이라는 것도 하지 않는다. 은퇴 후 많은 시간을 결심과 계획으로 채운다면 작심삼일을 반복하다 지쳐 나자빠질 거다. 나는 이른 은퇴를 후회할지도 모른다.

퇴사한 회사에서 매일 9시면 회의가 있었다. 한 동료가 늘 5분 늦게 왔다. 딸내미를 유치원에 데려다주고 오느라 늦었다고. 고속도로가 막혔다고. 항상 이유는 있었다. 팀은 그 동료를 위해 아침 회의를 10분 늦췄다. 어땠을까? 9시 10분 정각에 회의에 참석했을까? 그 동료는 또다시 5분 늦은 9시 15분에 사무실로 들어섰다. 재택근무를 한 후로는 막히는 고속도로를 탈 필요가 없는데도 5분 늦게 화상 회의에 나타났다.

사람이 안 변하는 것은 습관을 바꾸지 않기 때문이다. 내 동료가 5분 늦는 것은 나쁜 습관 탓이다. 나는 아주 많이 약속에 늦은 사람에게 화부터 내지 않는다. 일단 이유를 들어본다. 왜냐면 많이 늦으면 분명 이유가 있을 테고, 당사자는 더 마음을 졸였을 테니까. 하지만 납득할만한 이유 없이 늦는 사람은 나에게서 손절 1순위이다. 상

습적으로 5분 늦는 사람에게서는 변명 따위 들을 마음조차 없다. 나쁜 습관을 고치려 하지 않는 이들과도 가까이 지내고 싶지 않다.

나는 인생 2막에서 할 일을 아직 찾지 못했다. 소프트웨어 개발자로 할 수 있는 것들은 꽤 많다. Siri 닮은 내 개인비서를 만들어 볼까? 잘 알려지지 않은 독일 여행지와 맛집에 관한 정보를 찾아주는 서비스를 만들어도 괜찮을 텐데.

하고 싶은 일도 많다. 인문학 강의를 오프라인으로 듣고 싶다. 최백호 콘서트에 가고 싶다. 남편과 요리학원에서 한국 요리를 배우고 싶다. 그리고 둘이서 대한민국 방방곡곡을 다니고 싶다. 서울의 모든 지하철 노선을 이 끝에서 저 끝까지 타고 다니고 싶다. 기타 학원에 등록해서 지지부진한 실력을 갈고닦아 떼창 반주를 하고 싶다. 언니랑 새벽에 줄 서 들어갔던 정독 도서관에서 우동도 먹고 싶다. 형제들과 불 피워 고기 굽고 고구마 먹으며 불멍하고 싶다. 한국에서 일하는 외국인 노동자에 대한 관심 역시 빠뜨릴 수 없다.

그러고 보니 할 수 있는 일도, 하고 싶은 것도 참 많다. 하지만 이 일회적인 것들을 지속성을 가진 '일'이라는 파이프로 연결하기가 쉽지 않다. 어쩌면 연결하려는 시도 자체가 헛발질은 아닐까? 잘 모르겠다. 은퇴는 나에게 처음이라.

모르고 막히면 다른 각도로 접근하면 된다. 나는 후반생에서 할 일 찾는 것을 잠시 미뤄두고 좋은 습관을 기르기로 한다. 결심이 아닌 좋은 습관을 토대로 내가 할 수 있는 것과 하고 싶은 것을 하나씩 하다 보면 '일'이라는 파이프에 닿아있지 않을까?

일찍 일어나 정성 들여 만든 아침밥을 먹고, 정해진 시간에 나의 하루를 시작하며, 한쪽 벽을 포스트잇으로 도배하는 것은 은퇴 후 넘쳐나는 시간을 다스리는 습관을 기르기 위해서다. 본격적인 인생 2막이 시작되기 전, 지금의 하프타임 동안 나는 좋은 습관의 근육을 키우고 있다.

단짠단짠의 책읽기

나는 침대에서 스탠드 불빛으로 책을 읽고 있다. 옆에 비스듬히 앉아 독서하는 남편을 방해하고 싶지 않아 터지는 웃음을 꾹꾹 누르고 있다. 참던 방귀 쏟아지듯이 결국 웃음이 터지고 만다. 오랜만에 책을 읽으며 크게 웃어본다. 김호연 작가의 소설 ≪망원동 브라더스≫다. 뭐 이런 한숨 나오는 이야기를 몽글몽글 유쾌하게 쓴다니.

하루의 끝자락에 책 읽기는 꿀맛이다. 우리 집 침실에는 TV(어차피 이건 집에 없다), 오디오 같은 전자 기기가 없다. 잠들기 전 책 읽는 즐거움을 만끽하기 위해서다. 스마트폰은 침실 문을 넘지 못한다. 남편과 나의 불문율이다. 스마트폰은 침실 앞 협탁에 무음으로 올려놓는다. 잠들기 전 나는 전자책을 읽고 남편은 종이책을 읽는다.

내게 전자책은 4차 산업혁명에 버금간다. 읽고 싶은 모국어책을 독일에서 당장 읽을 수 있다. 자발적 은퇴 직후, 한 전자 서점에서 월정액 서비스를 신청했다. 한 달에 단돈 5천 원 정도만 내면 읽을 수 있는 전자책이 부지기수다. 월정액 서비스로 제공되지 않는 책들도 더러 있지만 아직은 상관없다. 제공되는 책 읽기도 바쁘다. 푸짐하게 차려놓은 뷔페 같다. 뭐부터 읽을지 행복한 고민에 빠져있다.

어릴 적 우리 집에 책이라곤 성경책과 교과서 빼고 한 질의 위인전뿐이었다. 누군가 엄마에게 강제로 떠넘겼을 위인전 시리즈가 나의 유일한 읽을거리였다. 딱딱한 크림색 겉장이 너덜거릴 정도로 여러 번 읽었는데 기억나는 위인은 유관순과 퀴리 부인뿐이다. 두 양반이 이순신 장군을 물리쳤다.

어릴 적 독서량이 부족해서인지 나이 들수록 책이 고프다. 한국에 갈 때마다 교보문고에 꼭 들른다. 이곳은 학교 다닐 때부터 들락거려서 내게는 고향 같다. 내 껌딱지 언니와 막냇동생을 떼어놓고 종일 서점 안을 들쑤시고 다닌다. 수하물 무게 제한 때문에 무거운 책은 사 올 수 없다. 이 아쉬움은 전자책으로 많이 해결됐다.

전자책을 반기지만 종이책처럼 내 생각을 끄적거릴 수 없어 아쉽다. 전자책 리더에 메모 기능이 있지만 불편해 사용하지 않는다. 나는 종이책을 꽤 지저분하게 읽는다. 읽기 시작하면서 나의 낙서는 시작된다. 앞쪽 속지에 날짜와 읽는 이유를 적는다. 다 읽은 후에는 독서 이유가 충족되었는지 확인하고 내게 말을 건 내용을 속지에 간략하게 써놓는다. 독서 중에 격하게 공감하거나 달리 생각하는 부분을 만나면 책 여백에 빼곡히 내 생각을 적는다.

책 읽기의 즐거움 못지않은 낙서의 즐거움이 전자책에는 없다. 책에 하는 낙서 대안으로 A4용지 한 장에 한 줄 요약과 읽으면서 밑줄 친 부분을 정리해둔다. 이 작업은 완독 후 24시간 내로 한다. 안 그러면 재밌는 놀이가 지겨운 숙제가 된다.

독일 소설이나 에세이에는 손이 가지 않는다. 남편이 소개해주는 종교 서적, 역사책, 시사 잡지는 더러 읽는다. 그 외 내가 읽은 독일어로 된 책들은 죄다 밥벌이에 필요한 것이었다. 그런데도 내가 완독

한 두 권의 독일 소설이 있다. 베른하르트 슐링크(Bernhard Schlink)의 ≪Der Vorleser≫-책 읽어주는 남자/김재혁 역/시공사-와 볼프강 프로징거(Wolfgang Prosinger)의 ≪In Rente≫-은퇴/김희상 역/청미출판사-. 독일어의 쫄깃한 식감을 그대로 음미하며 맛나게 읽었다. 원어 책 읽는 즐거움이다. 아쉬운 점은 독일어책에는 낙서를 못 한다. 책에 낙서하고 구기는 것을 남편은 '책에 대한 강간'이라며 질색한다. 이 무서운 단어에 막혀 독일어책은 얌전히 읽는다.

독일에도 몇몇 한국 소설이 번역되어 있다. 남편이 몇 권 사서 읽더니 당최 진도를 빼지 못하고 구석에 치워두었다. 내용은 흥미로운데 번역된 독일어 문체가 밍밍하다나.

'오 서방님, 방법이 아예 없는 것은 아닙니다. 한국어로 읽으시길 권합니다.'

은퇴 후 나를 위한 시간이 많아졌다. 업무에 필요했던 책들은 도나우(Donau) 동네로 이사하면서 싸놓은 그대로 지하실에 있다. 대신 월정액 서비스로 한 상 가득 차려진 전자책들을 놓고 '단짠단짠'의 유혹에 빠져있다. 달달한 음식을 먹고 나면 짭조름한 음식이 당기듯이, 소설을 읽고 나면 투자에 관련된 책을 읽고 싶다. 사회비평 책을 한참 보고 있으면 에세이가 당긴다.

요즘 골라든 책이 김수정 작가의 ≪나는 나와 친하다≫. 글 하나하나가 깔끔하고 세련된 게, 맛깔난 일품요리 같다. 어제부터 짭조름한 책으로 홍성국 작가의 ≪수축사회≫를 읽고 있다. 책 읽기의 단짠단짠에 빠져 행복한 요즘이다.

출생의 비밀

나에게는 출생의 비밀이 있다. 아버지가 몰래 낳아 데리고 온 딸도 아니고 '고 권사님'이 내 엄마인 것도 맞다. 나는 주민등록표에 기재된 1968년도 겨울이 아닌 67년 가을에 태어났다. 서울특별시 종로구에서 내가 태어났을 때 아버지는 지방에서 막 올라온 노동자였다. 딸내미 출생 신고하러 서울에서 본적지인 익산까지 가기에는 거리도 멀고 겨를도 없었다. 아버지는 당시 익산에 사셨던 할머니께 내 출생신고를 부탁하셨지만, 할머니는 까맣게 잊어버리셨다. 둘째도 손녀라 시큰둥하셨던 걸까? 그래도 좀 너무하셨다.

여러 해가 지나 이 사실을 아신 아버지가 부랴부랴 나를 68년생으로 뒤늦은 출생신고를 하셨다. 이렇게 내 가짜 생년월일이 생겨났다. 초등학교 입학통지서 역시 동사무소 직원에게 돈 주고 간신히 받으셨다. 덕분에 나는 또래 아이들과 같이 학교에 다닐 수 있었다.

1968년도 출생 연도는 내게 가짜다. 하지만 1967년도 출생은 서류상 가짜다. 이 기묘한 불일치를 안고 오십여 년을 살고 있다. 부모님은 내 생일을 음력으로 기억하신다. 나는 양력으로 생일을 쇤다. 회사 동료들은 문서상 생일로 축하해줬다. 일 년에 세 번 맞는 생일이라니……,

나이를 물으면 더 복잡해진다. 67년 9월에 태어났으니 나는 독일 나이로 54세다. 떡국 나이는 56세다. 가짜 생일로 따지면 내 독일 나이는 53세다. 가짜 생일의 떡국 나이는 55세다. 이쯤 되면 나조차 헷갈린다.

'나는 누구인가?'라는 질문은 끊임없이 던지면서 잘못된 생년월일을 왜 진작 바로 잡으려 하지 않았을까. 뒤늦은 깨우침으로 한국에 있는 변호사들에게 생년월일 정정이 가능한지 물었다. 가짜 생년월일에 따르면 바로 아래 동생과의 나이 차이는 5개월도 채 안 된다. 동생과 유전자 검사를 받겠다고 하니, 이건 참고 사항이지 법원 결정에 큰 영향을 미치지 못한단다. 학교 기록물에 가짜 생년월일이 적혀있으면 정정 판결이 쉽지 않다면서.

대학교부터 중학교까지 온라인으로 재적증명서를 확인해보니 모두 가짜 생년월일이 적혀있다. 초등학교 때 서류는 너무 오래돼서 온라인으로 열람할 수 없다. 학교나 관공서에서 열람 신청을 할 수 있다니 아무래도 정정 처리는 한국에서 진행해야겠다.

그런데 힘이 빠진다. 살짝 슬프기도 하다. 사실 생년월일이 바로 잡혀도 산 넘어 산이다. 여권서부터 한국뿐 아니라 독일의 모든 관공서에 정정 신청을 내야 한다. 엄두가 나지 않을 정도다. 그런데도 나는 생년월일을 바로 잡고 싶다. 왜냐면 가짜니까.

법원의 정정 판결이 녹록하지 않다고 미리 포기하고 싶지 않다. 노력해도 내가 어쩔 수 없는 것은 받아들이면 된다. 하지만 아무것도 하지 않은 채 68년 겨울에 태어난 나로 살고 싶지 않다. 몇 살이냐고 묻는 말에 어떤 답을 해야 할지 더는 고민하고 싶지 않다.

슬기로운 연금 크레바스 뛰어넘기
'3 + 4 법칙'

독일에는 일시불로 지급되는 퇴직금이라는 것이 없다. 회사가 해고하거나 특별한 상황에서만 위로금(Abfindung)을 주기도 하지만 연금과는 성격이 다르다. 내 나이 또래의 은퇴자들은 67세가 되면 독일의 연금 공단(Deutsche Rentenversicherung)에서 퇴직연금을 받는다. 다행히 남편은 조기 수령이 가능해서 63세부터 연금을 받을 수 있지만, 나는 12년을 기다려야 한다. 11년이 아닌 12년 후에 연금을 받는 데는 내 출생의 비밀이 있다. 각자 직장 생활하면서 연금 공단에 넣어둔 돈이 매달 통장에 찍히기까지 우리는 소득 절벽의 시간을 보내야 한다.

우리 둘이 받는 퇴직연금으로 노후를 보는 데 어려움은 없다. 문제는 연금 수령까지 소득 없는 기간이다. 물론 일자리를 구하면 되겠지만, 나는 그럴 마음이 없다. 우리는 생계를 위한 노동으로부터 자유로워지기로 했으니까. 저축해놓은 돈을 생활비로 쓸 수도 있다. 하지만 곶감 빼먹듯이 은퇴자금을 동내긴 싫다. 대책이 필요했다. 연금 수령 때까지 어떻게 생활비를 조달할지 공부하다 '3 + 4 법칙'을 알아내고 눈이 번쩍 띄었다.

수많은 재테크 책과 유튜버들이 아파트 월세를 받아라, 꼬마빌딩을 사라, 배당금 많은 주식이 최고다, 리츠가 높은 수익을 제공한다고 조언하지만, 우리가 선택한 방법은 '4% 법칙'이다. 우리의 목적은 돈을 불리는 것이 아니다. 물론 돈이 많아질수록 좋겠지만, 부채 없고 파주 헤이리 가까이 내 소유의 집 한 채 있으니 더 바랄 것 없다. 조금 멀어도, 햇살 좋은 아침에 남편과 손잡고 걸어가 헤이리에서 모닝커피 마시는 즐거움을 주식 시황 보느라 미루고 싶지 않다. 물론 경제 공부는 은퇴 후에도 반드시 해야 한다. 다만 나는 만족과 절제로 내 삶을 꾸려가고 싶다.

　우리는 잃지 않는 투자로 은퇴자금을 보존하면서 연금 받기 전까지 생활비를 조달하고자 한다. 그래서 종잣돈의 복리 효과에 주목했다. 비교적 안정적이고 복리 효과를 얻을 수 있는 투자처로 세계 1등 주식과 S&P500 지수를 추종하는 ETF를 놓고 고민했다. 버핏을 비롯한 투자 구루들의 조언에 따라 달걀을 한 바구니에 담는 위험은 피하기로 했다. 우리 대신 튼튼한 바구니 500개에 투자금을 나눠 담아주는 S&P500 ETF에서 매년 인플레이션에 맞춰 4%를 인출해 생활비로 쓰기로 했다.

　하지만 시장은 매년 똑같은 수익률을 가져다주지 않는다. 파이어족 사이에서 잘 알려진 이 4% 법칙은 수익금이 인출금보다 적으면 투자금이 쪼그라드는 위험이 있다. 그래서 우리는 보완책으로 3년 생활비를 따로 준비해 두기로 했다. 1970년부터 2021년까지 S&P500 지수가 2년 혹은 3년 내리 마이너스를 기록한 경우가 각각 한 번씩 있었기 때문이다. S&P500 ETF의 수익금이 인출금보다 낮은 해에는 4% 인출 대신 비축해놓은 현금으로 생활하고, 수익률이 높은 해에는 반드시 3년 치 생활비를 원상 복구하기로 했다.

우리는 3 + 4 법칙, 즉 3년 치 비상금과 매년 투자금의 4% 인출금으로 종잣돈을 까먹지 않고 소득 공백기를 뛰어넘으려 한다. 12년간 매해 인출금이 항상 4%는 아닐 것이다. 초기에는 인출금이 좀 더 필요하겠지만, 남편의 조기 연금과 이후 사적 연금마저 받게 되면 인출금이 줄어들 것이다. 그러다 통장에 내 연금이 찍힐 때가 오면 더 이상의 인출금은 필요 없게 된다.

내가 배낭을 메는 이유

"어휴, 그 배낭 좀 내려놔. 무겁지도 않아?"

재작년 '막내막내'(아버지는 막내딸의 막둥이를 이렇게 부르신다)의 중학교 졸업식 때 기어이 막냇동생에게 한 소리 들었다. 그런데도 나는 조카의 졸업식 내내 배낭을 등짝에서 떼어내지 않았다. 아이의 졸업사진에는 큼직한 배낭을 멘 '독일 이모'가 보따리장수처럼 배시시 웃고 있겠지만 어쩌겠는가, 나도 어쩔 수가 없는걸.

나는 핸드백을 드는 대신 배낭을 멘다. 방수 잘 되고 등짝 편한 배낭은 내게 구찌고 루이비통이다. 내 배낭은 식당에서 밥 먹을 때면 충성스러운 개처럼 나의 발밑을 지킨다. 화장실 갈 때도 메고 간다. 어디를 가든 나는 배낭을 멘다. 대신 두 손은 자유롭다. 손에 든 것은 쉽게 잃어버릴 수 있으니 모든 소지품을 배낭에 쓸어 담고, 오직 배낭 하나만 챙긴다. 내가 이러는 데는 사연이 있다.

사연 하나: 1992년 초가을 녹번동

독일로 유학을 떠나기 전 아현동의 한 영어 학원에서 6개월 단기 아르바이트를 했다. 마지막 강사료를 받던 날 그동안 모아 온 돈을 모두 인출해서 핸드백에 넣고 부모님이 일하시던 녹번동에서 때 놓친 밥을 먹었다. 돈이 든 핸드백을 아버지의 자동차 앞좌석에 올려둔 채 근처 중국집에서 짜장면 한 그릇을 먹고 나왔을 때는 핸드백이

감쪽같이 진 후였다. 당시 넉넉지 못한 집안 사정 때문에 독일에서의 처음 몇 달 치 생활비를 마련하려고 수고한 내 6개월이, 내 돈이 그렇게 흔적도 없이 사라졌다.

사연 둘: 1992년 늦가을 본(Bonn)

독일에 도착해 계절 한 번 바뀌지 않아 나는 지갑을 통째로 잃어버렸다. 전날 일요일에 한인 교회에서 예배를 드리고 교회분들이 풍성하게 차려주신 밥도 맛나게 먹었다. 그리고 월요일 아침을 맞았다. 나는 본 시내와 떨어진 숲 언저리에 있는 여학생 기숙사에서 살았다. 시내로 나가려 가방을 챙기다 그제야 지갑이 없다는 것을 깨달았다. 작은 방 하나를 다 뒤져도 지갑을 찾지 못했다. 한인 교회에서 밥 먹는 날에는 가끔 인근 노숙자들이 와서 음식을 얻어가곤 하는데, 아마도 이 중에 손버릇 나쁜 사람이 있었을 듯하다는 이야기를 나중에 들었다.

한 달 치 교통카드와 현금이 든 지갑을 잃어버렸으니 버스비조차 없었다. 거래 은행도 시내에 있었으니 참으로 난감했다. 일단 시내로 나가 은행 창구에서 돈을 찾아야 했다. 하는 수 없이 기숙사에서 알게 된 한국 여학생에게 사정을 얘기했다.

"이 동네는 외져서 차표 검사 잘 안 해요. 그냥 타셔도 돼요."

그녀는 버스비를 빌려주지 않았다. 독일에서는 버스 기사가 일일이 차표 검사를 하지 않는다. 대신 차표 없이 승차하다 불시검문에 걸리면 꽤 많은 벌금을 내야 한다. 창피함은 덤이고.

당장 수 중에 돈 한 푼 없고 빌릴 곳도 없는 상황에서 무임승차 외에 다른 선택은 없었다. 나는 버스의 맨 뒤 좌석에 앉았다. 아마도 조마조마한 마음 때문이었으리라. 그런데 말이다, 시내 가까운 정류소에서 유니폼을 입은 세 명이 버스표를 검사하려고 차 안으로 들어서는 것이 아닌가! 앞으로 한 명이 타고 뒷문으로 두 명이 타자 버스는 출발했다.

보통은 불시검문에 걸리면 신원 확인 후 벌금 딱지를 받고 상황이 종료되지만, 나는 신원 확인에 응하지 않았다. 이번 달 교통카드를 샀지만 잃어버렸다. 당장 버스비도 없어 시내에 있는 은행 창구로 돈 찾으러 가는 중이다. 나는 가족 친지 하나 없이 혼자다. 버스비 빌릴 데도 없다며 거세게 항변했다. 분명 현행범이었지만 잘못한 것이 없다고 생각했다.

내가 계속 버티자 그들은 버스에서 내려 호위무사처럼 나를 에워싸고 본 중앙역 지하에 있는 사무실로 데려갔다. 잘못한 것이 없으니 벌금을 내지 않겠다는 말만 반복하자 사무실에 있던 사람들이 나를 흘끔거렸다. 한참 실랑이를 벌이던 중에 한 남자가 다가와 말을 걸었다.

"충분히 알겠습니다. 하지만 당신은 무임승차를 했습니다. 벌금은 내셔야 합니다. 이렇게 합시다. 만약 교통카드를 찾게 되면 언제든지 우리에게 오세요. 벌금을 돌려 드리겠습니다."

그제야 나는 벌금 딱지를 손에 쥐고 중앙역 지하에 있는 그 퀴퀴한 곳을 벗어날 수 있었다. 그 후로 나는 꽤 오랫동안 매일 우편함을 열어보았다. 돈만 빼내고 지갑에 든 것들은 그냥 버릴 수도 있으니까. 그러면 누군가 내 주소가 적힌 교통카드를 발견해 우체통에 넣을 수도 있으니까. 그러면 나는 그 카드를 들고 가서 벌금도 돌려받고 내가 무임승차나 하는 형편없는 사람이 아니라고 큰소리칠 테니까. 하지만 그런 일은 일어나지 않았다.

나는 버스비를 빌려주지 않던 그 여학생을 원망하지 않는다. 자동차 문이 철사로 쉽게 열려서 내 6개월 임금을 도둑맞았다고도 생각지 않는다. 순전히 내 탓이었다. 내 부주의로 돈 잃고 마음고생했다. 살면서 이런 경험은 두 번이면 족했다. 그때부터 나는 모든 소지품을 배낭에 쓸어 넣는다. 그리고 내 등짝에서 분리하지 않는다. 안다, 병인 거. 한 해에 돈을 두 번이나 잃어버리고 혈혈단신 타국에서 현행범이 됐던 경험이 이 불치병의 시발이며 내가 핸드백 대신 배낭을 메는 이유이다.

박사학위를 하다

1998년 4월, 나는 독일 본(Bonn) 대학교에서 전산언어학으로 박사학위를 했다. 나는 '박사학위를 받았다.'라고 하지 않는다. 누가 내게 거저 줘서 받은 것이 아니니까. '공부를 마쳤다.'라고도 하지 않는다. 공부는 끝이 없으니까.

대략 설명하자면, 전산언어학은 사람의 글(Text)과 말(Speech)을 컴퓨터가 이해하여 출력값을 다시 자연언어로 변환하는 것을 연구하는 학문이다. 잘 알려진 구글의 번역기, 애플의 Siri 등이 이 학문의 대표적인 결과물이다. 자연언어 처리(Natural Language Processing)는 인공지능의 핵심 기능 중 하나로 현재는 컴퓨터공학의 세부 분야에 속하지만, 내가 공부하던 1990년대 본 대학교에서는 하나의 독립된 학과에서 다뤄졌다. 나는 전산언어학을 공부하기 위해 컴퓨터공학과 독어학을 부전공으로 선택했다.

나는 한국외국어대학교에서 독일어를 전공했다. 그래서 부전공으로 택한 독어학은 낯설지 않았다. 문제는 전공인 전산언어학과 부전공인 컴퓨터공학이었다. 전공 내용은 생소했고, 나는 컴퓨터에 대해 아는 바가 거의 없었다. 유학 오기 전에 8인치 플로피 디스켓으로 부팅한 386 컴퓨터로 석사 논문을 쓰고 Arity Prolog로 문자열을 처리하는 짧은 코드를 만들어 봤을 뿐이었다. 컴퓨터공학에 관한 강의 한번 들어본 적이 없었고, 어떤 알고리즘들이 있으며 컴파일러는 뭐 하는 물건인지도 모른 채 덥석 전산언어학을 공부하러 독일로 왔다. 수업은 독일어로, 관련 서적은 대부분 영어로, 내용은 낯설고, 컴퓨터에 대한 지식은 미미했으니 이보다 더 용감할 수 없는 노릇이었다.

첫 학기가 시작되기 전에 렌더스(Lenders) 교수-훗날 내 박사논문 지도교수다-를 찾아갔다. 당신에게서 논문 지도를 받고 싶으니 나를 박사과정으로 받아달라며 포부에 찬 연구 계획(Exposé)을 설명했다. 나의 언감생심을 끝까지 들은 렌더스 교수가 한 말은 '바닥부터'였다. 전공과 부전공의 모든 수업에 참여해 시험을 치르고, 세미나에서 발표도 한 후에 논문 쓸 자격이 되면 다시 오라고 했다. 강호 무림의 무공 높은 사부처럼 렌더스 교수는 내 일천한 지식 상태를 꿰뚫어 보았다. 렌더스 교수에게서 퇴짜를 받은 후 나는 '물 긷기'와 '장작 패기'와 같은 기초과정부터 시작하기로 마음먹었다.

당시 독일 대학의 학생들은 초원에 풀어놓은 목자 없는 양 떼 같았다. 어느 학년이 어느 과목을 이수해야 한다고 정해놓은 것도 없고, 언제 학과 과정을 마쳐야 한다는 규정 또한 없었다. 아예 '학년'이라는 말 자체가 없었다. 이수 과목을 위한 조건만 있었다. 예를 들면, 고급과정에 속한 Hauptseminar에 참석하려면 기초과정의 Vorlesung과 Proseminar를 이수해야 했다. 학생들은 어느 수업에 무슨 조건이 있는지 스스로 파악해서 시간표를 짰다. 한 학기에 몇 과목을 이수할지도 전적으로 학생 혼자 결정했다. 한 과목에서 재시험까지 탈락하면 과를 바꿔야 하는 제약 때문에 이수 과목을 무리하게 늘릴 수도 없었다. 이러다 보니 학과마다 늙수그레한 학생들이 적지 않았고, 심지어 종교학 수업에는 장발의 흰머리로 젊은 교수를 가르치려 드는 '할배 학생'도 있었다. 대학 등록금은 공짜에다 과목 이수에 대한 연수 제한도 없었던 독일 대학에서 심심찮게 볼 수 있는 풍경이었다.

내가 기초부터 최고급 과정들을 모두 이수하고 렌더스 교수를 다시 찾았을 때는 그 후로 3년이 흐른 뒤였다. '풀 긴고 마당 쓰느라' 굳은살 박인 두 손바닥을 보여주듯 전공과 두 개의 부전공에서 이수한 증명서들을 좌르르 펼쳐 보였다.

"이제 논문 쓸 자격이 되나요?"

질문에 노교수는 내가 가져온 것들을 흘낏 쳐다보고는 "Ja(네)"라고 답했다. '그냥 Ja? 아니 뭐가 이렇게 간단해요? 그러니까 제가 가져온 것들 좀 자세히 보세요.'라고 말하듯 서류들을 주섬주섬 렌더스 교수 앞으로 내밀자, "알아요. 그러니까 다음에는 연구계획서를 가져오세요."라며 상황을 종료시켰다. 뭘 어떻게 안다는 거지? 하긴 렌더스 교수의 수업은 턱 밑에 앉아 다 듣고 발표했으니 전공과목 이수는 대충 아실 테고, 그럼 독어학은? 컴퓨터공학은? 하~ 보지 않은 것도 아는 당신은 진정 강호의 고수십니다.

새롭게 연구 계획서를 제출한 후 2년 정도 렌더스 교수의 지도를 받아 박사 논문을 완성했다. 나는 박사학위를 '받으러' 독일로 왔으나 내 지도교수는 나에게 학위를 '하게' 했다. 장작 펠 줄도 모르면서 장풍 날리길 바랐던 풋내기에게 기초를 다지게 했고 학자로 홀로

설 수 있게 했다.

논문을 쓰는 동안 렌더스 교수는 철저히 제삼자의 위치를 유지했다. 독일에서는 감 놔라! 대추 놔라 식의 '친절한' 논문지도는 하지 않는다. 연구는 내가 하고 렌더스 교수는 그 결과물에 대해 자신의 의견을 내는 정도의 역할을 했다. 사실 독일에서 지도교수의 역할과 결정권은 막강하다. 까다롭기 그지없는 독일의 대학 행정도 지도교수의 결정에는 토를 달지 않는다. 한국에서 독일어를 전공한 내가 전산언어학 박사과정에서 공부할 수 있었던 것은 순전히 렌더스 교수의 독자적 승낙 덕분이었다.

내 박사학위 연구 논문(Dissertation)은 두 명의 심사위원에게서 라틴어로 'valde laudabilis' 점수를 받았다. 독일어로 옮기면 sehr gut이고 우리말로는 매우 우수 정도 되겠다.

전산언어학으로 박사학위를 하려면 논문 제출 외에도 전공과 두 부전공에서 구두시험을 치러야 했다. 이후 논문을 책으로 출판해서 대학에 제출해야 공식적으로 박사학위가 수여됐다. 이 세 과정 중에 나는 겨우 '연구 논문 제출'이라는 산 하나를 넘었을 뿐이었다.

논문을 제출한 후 나는 숨 고를 틈 없이 다음 단계인 구두시험 (Rigorosum)을 준비했다. 박사학위증에는 논문 점수뿐 아니라 구두시험 점수 역시 기재되기 때문에 시험은 상당히 부담스러웠다.

논문 심사의 주심은 자동으로 지도교수였지만, 부심은 내가 정할 수 있었다. 구두시험 역시 누구에게 치를지 내가 결정했다. 시험관으로 염두에 두었던 전공과 부전공 교수들을 일일이 찾아가 승낙을 받고 시험 일정을 받아 대학 행정처(Dekanat)에 제출했다. 1998년 1월 중순쯤이었다.

나는 1998년 4월 28일과 29일 이틀에 걸쳐 세 개의 구두시험을 치렀다. 시험 날짜가 정해지자 비상식량만 챙겨놓고, 다섯 평도 채 안 되는 기숙사 방에 틀어박혀 공부만 했다. 구두시험을 망치면 몇 년간의 수고가 물거품이 될 수 있으니까. 극도의 긴장으로 시험 일주일 전에는 물 한 모금만 마셔도 설사를 했다. 논문 제출 후 석 달 동안 시험 준비를 했지만 부족한 느낌이었다.

시험 날짜가 다가오자 잡념이 머릿속에서 독가스처럼 퍼져나갔다. '만약 준비하지 않은 질문을 받으면 어쩌지... 시험관이 골탕을 먹이면 어쩌지... (이런 경우들이 전설처럼 대학가에 퍼져있었다) 만약... 만약... 만약 질문조차 못 알아들으면 어쩌지!' 하는 생각에 이르러서는 책조차 펼 수가 없었다. 1992년 가을, 일천한 지식으로 독일로 왔던 배포는 온데간데없이 나는 퍼렇게 질려 있었다.

중압감 때문에 아무리 읽어도 머릿속에 들어오지 않는 책을 덮고 성경 여호수아서를 읽기 시작했다. "너와 함께하니 두려워 말라."는 말씀으로 마음의 평화를 얻고 '만약' 잡념을 몰아낼 수 있었다. 내 평생에 선하신 하나님을 의지하며 1998년 4월 28일 화요일 오후 6시에 첫 구두시험으로 독어학 시험을 치렀다.

독어학 시험은 발렌츠(Valenz) 문법의 대가인 엥겔(Engel) 교수에게서 보았다. 엥겔 교수는 시간이 지남에 따라 질문의 난도를 높여갔다. 마지막 질문은 상당히 복잡한 문장을 발렌츠 문법으로 분석하는 것이었다. 시험 준비하면서 분명 이와 비슷한 문장을 분석해본 적이 있었다. 그런데 답이 생각나지 않았다. 입은 마르고 손은 바르르 떨렸다. 뭐였더라... 쓰고 고치길 반복하며 기억해내려고 애쓰는 나에게 엥겔 교수가 말했다.

"당신은 분명히 답을 알고 있습니다. 너무 긴장해서 기억이 안 나는 겁니다. 당신은 할 수 있어요!"

흡사 완주를 눈앞에 둔 기진맥진한 마라톤 선수에게 조금만 더 힘내라고 안타깝게 응원하는 동네 할아버지 같은 모습이었다. 그 간절함이 닿았는지 나는 답을 떠올려 일사천리로 분석해냈다. 노교수가 나보다 더 기뻐했던 것 같다.

시험이 끝나고 교수 집무실 앞에서 잠시 대기하고 있는 동안, 엥겔 교수는 내가 대학 행정처에서 받아온 서류에 시험 점수를 기재하고 도장과 서명으로 봉했다. 시험 점수가 적힌 서류는 내가 시험 당일 직접 대학 행정처에 제출해야 했다. 잠시 후 우리는 다시 마주 앉았다. 엥겔 교수가 물었다.

"혹시 논문 점수를 아십니까?"

"네, sehr gut입니다."

봉인된 서류를 내게 건네며 엥겔 교수가 말없이 자리에서 일어섰다. 나 또한 일어났다. 나에게 정중히 악수를 청하며 엥겔 교수가 말을 이었다.

"시험 점수로 나 역시 sehr gut을 줍니다. 외국 학생이 이런 성과를 거둔 것에 자부심을 가지세요."

지금도 이 순간을 떠올리면 뭉클하다. 그때 내가 느꼈던 감정을 무슨 말로 표현할 수 있겠는가. 마음 졸인 시험에서 최고 점수를 받아서만은 아니었다. 자리에서 일어나 옷매무시를 가다듬고 가만히 내 눈을 들여다보며 했던 노교수의 그 말이 고단하고 외로웠던 나의 유학 생활을 토닥토닥 다독이는 듯했다.

전공과 부전공인 컴퓨터공학 시험은 다음 날인 29일 수요일 오후 1시 30분과 6시에 치렀다. 첫 시험에 크게 용기를 얻어 나는 구두시험 점수로 라틴어인 'magna cum laude'를 받았다. 독일어로 sehr gut이고, 우리말로는 참 잘했어요, 별 다섯 개 되겠다.

이후 논문을 책으로 출판하고 나는 독일에서 박사학위를 했다. 당시 내 나이 만 서른이었고 독일로 공부하러 온 지 5년 6개월 만에 맺은 결실이었다.

아무튼, 합격

본(Bonn) 대학교에서 공부할 때의 일이다. 한국에서 고등학교는 문과였고, 대학에서는 독일어를 전공한 내가 한 치의 망설임도 없이 부전공으로 컴퓨터공학을 공부하기로 했다. 훗날 내 박사논문 지도교수인 렌더스(Lenders) 교수가 논문 지도를 받고 싶으면 실력부터 갖춰 오라고 했으니 나는 기초부터 제대로 공부할 셈이었다.

첫 학기에는 몇몇 전공 수업을 들었지만, 두 번째 학기에는 오로지 부전공 딱 한 과목만 수강 신청했다. 〈컴퓨터공학 입문 I〉. 컴퓨터공학을 전공으로 공부하든, 부전공으로 택했든 꼭 통과해야 하는 과목이었다. 이 과목을 이수하지 못하면 부전공을 바꾸거나 대학을 옮겨야 했다. 나로서는 올인이었다.

계단식 강의실은 500명은 족히 돼 보이는 앳된 얼굴의 새내기들로 늘 도떼기시장 같았다. 교수는 수업 내내 6면의 초록 칠판에 착 달라붙어 쓰고 또 썼다. 질문과 토론 없는 교수의 일방적 전달이었다. 이런 형태의 강의를 기초 과정에 있는 Vorlesung이라고 한다. 다섯 번째 칠판이 분필로 쓴 글자와 숫자로 가득 채워지면 조교가 물이 담긴 커다란 양동이를 들고 강단으로 올라왔다. 물에 스펀지를 적셔 맨 왼쪽 칠판부터 지우고 창 닦는 밀대로 물기를 제거했다. 이렇게 쓰고 지우기를 서너 번 하다 보면 두 시간 수업이 끝나 있었다.

수업 내용 들으랴 칠판에 쓴 것 노트에 옮겨 적으랴 그야말로 혼비백산이었다. 다 못 알아듣는 독일어는 그렇다 쳐도 칠판에 갈겨쓴 글씨는 나에게 상형문자였다.

조교들의 '방과 후 과외'가 없었더라면 도중에 포기한 학생들이 많았을 것이다. 나 역시 조교들의 과외 덕을 톡톡히 봤다. '~카더라' 통신에 의하면, 첫 학기가 끝나면 컴퓨터공학과 신입생의 절반이 떨어져 나간다고 했다. 실제로 나와 조별 과제를 같이 했던, 컴퓨터공학을 전공하려던 남학생은 학기 도중에 대학 자체를 포기하고 직업훈련소로 옮겨갔다.

방과 후 과외에서는 수업 내용에 대한 질문을 받고 수학을 보충했다. 컴퓨터도 모자라 수학까지 공부하려니 그간 방만히 쉬고 있던 좌뇌가 과부하로 폭발 직전이었다. 어느 날 수학 보충 때 'Neutrales Element'라는 말이 여러 번 언급됐다. 가뜩이나 어려운 수학에 모르는 말까지 등장하니 당최 무슨 내용인지 알 수가 없었다. 안 되겠다 싶어 손을 번쩍 들었다.

"Neutrales Element가 뭐야?"

웅성웅성. '너 지금 설마 이것도 모르고 컴퓨터공학 공부한다고 앉아있는 거임?' 딱 봐도 이런 생각을 하던 조교는 찰나의 당황을 수습하고 친절하게 설명해줬다.

"3 + 0은 3이지? 3 x 1은 3이지? 이렇게 어떤 수를 연산했을 때 처음의 수가 되도록 만들어 주는 수, 즉 덧셈에서는 0 그리고 곱셈에서는 1을 Neutrales Element라고 해."

46

그래, 너희가 웅성거릴만하다. 항등원! 나도 그거 안다고, 단지 독일어 표현을 모를 뿐이었다고 말한들 덜 민망했으려나... 이후 나는 컴퓨터와 수학의 독일어 표현을 표로 작성해서 달달 외웠다. 수업 내용이 점점 귀에 들어오기 시작했다.

수업을 듣고 조교들의 과외를 받았다고 시험을 볼 수 있는 것은 아니었다. 매주 강의가 끝날 때마다 서너 개의 과제가 적힌 A4 용지를 받았는데, 조별 과제였다. 모든 조별 과제에서 평균 점수가 50점 이상 되어야 필기시험을 볼 자격이 주어졌다. 이후 필기시험에서 50점 이상을 받아야 비로소 과목 이수로 인정되었다. 다행히 좋은 팀을 만나 조별 과제 점수로 50점 이상을 받았다.

강의는 끝났고 조별 과제도 합격이니 필기시험만 앞두고 있었다. 주말마다 일주일 치 식량을 미리 사놓고 오직 시험 준비에만 매달렸다. '50점만 넘자!'가 내 목표였다. 중고등학교 다닐 때 50점이 목표였던 적이 있었던가......,

시험 시간에 책과 필기 노트가 허용되었다. 시험 중에 참고 자료를 볼 수 있으니 천군만마를 얻은 듯했다. 하지만 시험지를 받는 순간 알았다. 책과 필기 노트는 아무 소용이 없다는 것을. 시험 시간에 교수와 등장한 조교들은 신속하게 시험지를 나눠줬다. 예닐곱 장의 A4용지 시험지를 서둘러 넘겨봤다. 각 장에는 딱 한 문제만 적혀 있었다. '프로그램을 쓰시오', '증명하시오', '연산 과정을 적으시오' 등. 스물다섯 해를 사는 동안 묶음 시험지를 본 적도 처음이고, 증명하는 과정을 쓰라는 시험 유형 또한 처음이었다. 두 시간의 시험을 끝내는 종이 울렸지만 누구 하나 일어서서 나가는 사람이 없었다. 10분만 시간을 더 달라는 처절한 외침이 어디선가 들렸다. 연장된 10분이 지나 조교들이 시험지를 거둬갈 때까지 답을 적어내느라 여기저기서 안쓰러운 실랑이가 벌어졌다.

몇 주가 지나 시험 결과가 발표되었다. 학 과실 벽에 붙은 합격자 명단에 내 수험번호는 없었다. 올인했던 시험에서 나는 떨어졌다. '합격자 명단에 없는 사람은 조교실로 올 것'이라는 공지를 보고 조교실을 찾았다. 조교가 보여준 내 시험지에는 50에서 반토막 난 점수가 적혀 있었다.

'내가 어떤 마음으로, 어떤 각오로 치른 시험인데 이 점수라니!'

절망감이 밀려왔다.

그런데 채점 방식이 생소했다. 10점짜리 문제가 틀렸다고 0점을 주는 것이 아니었다. 비록 답을 맞히지 못했더라도 답을 찾아가는 과정과 증명하는 과정에서 옳은 부분에는 상응하는 점수가 매겨졌다. 사지선다 시험방식에 길들어 있던 내게는 정말이지 익숙지 않은 시험이었고 채점방식이었다. 조교는 방학 중 재시험 안내를 하며 어느 부분을 집중적으로 공부해야 할지 조언해주었다.

학사 원칙에 따라 재시험마저 떨어진다면 본 대학에서는 더 이상 컴퓨터공학을 공부할 수 없었다. 컴퓨터공학을 포기하고 다른 부전공을 택하든가, 아니면 다른 대학에서 공부해야 했다. 독일의 도시에는 보통 하나의 대학만 있으니 이 공부를 하려면 다른 도시로 이사를 해야 했다. 나는 더 이상 물러설 곳이 없었다. 재시험에 무조건 붙어야 했다. 나를 공황에 빠뜨린 시험 유형과 유연한 채점 방식을 알았으니 공부하는 방법도 달라졌다. 단언컨대 내 오십여 년 인생에서 그때만큼 처절하고 치열하게 공부한 적은 없었다. 재시험을 보고 난 후 그 어떤 후회와 미련도 없었다.

새 학기가 시작되기 전에 재시험 결과가 나왔다. 나는 합격했다. 과목 이수증을 받으러 간 조교실에서 재시험 성적을 확인할 수 있었다. 내 점수는 턱걸이 50점이었다! 애초 50점만 넘자던 목표를 이뤘다. 목표대로 되는 것이라면 100점으로 할 걸 그랬나? 아니다, 100점 못지않은 50점이었다. 내게는 기막힌 반전 드라마였고 올림픽 금메달 같은 50점이었다.

기초과정 과목인 〈컴퓨터공학 입문 I〉 이수증에는 점수 없이 달랑 'bestanden(합격)' 이라고 쓰여있었다. 아무튼, 합격이었다.

한글학교에서 글과 역사를 가르치다

나는 1994년부터 3년 6개월 정도 본(Bonn)에 있는 한글학교에서 교사로 일했다. 다섯 학급에 학생 수는 50여 명 남짓의 한글학교는 독일 학교를 빌려 학기 중 토요일에만 운영되었다. 수업은 세 시간 동안 진행됐다. 본 대사관 분관에서 제공하는 ≪재외 한국 동포들을 위한 한국어 교재≫ 또는 국내의 초등학교 국어 교과서를 교재로 사용했다.

학생들은 교포 2세, 한독가정 아이들, 그리고 유학생 자녀들이었다. 대부분의 교포 2세들은 고학년에 속했고 한독가정과 유학생 자녀들은 유치원생 혹은 저학년생이었다. 한글 자모부터 가르쳐야 하는 '한독가정반'이 내게 맡겨졌다. 아이들이 한국어를 거의 알아듣지 못하더라도 되도록 한국어로 수업했고, 설명이 필요한 부분만 독일어로 말했다.

수업 중에 가끔 아이들에게 상처(?)받는 일이 있었으니 이런 경우다. 숫기가 별로 없는 열 살 인이가 손을 번쩍 들었다. 반가운 마음에 물었다.

"질문 있구나, 뭔데?"

아이는 고개를 저으며 똑 부러지게 말했다.

"das Temperatur가 아니고 die Temperatur입니다!"

내 독일어가 틀렸다는 거였다. 장난이 아니었고, 더군다나 골탕 먹이려는 짓궂음도 엿보이지 않았다. 아이의 눈은 진지했고, 단지 나의 실수를 바로 잡아주려는 듯했다. 내가 자기의 한국어 실수를 고쳐 주듯이.

순간 지루한 표정으로 앉아 있던 아이들이 와~ 하고 웃음을 터뜨렸다. 당황했지만 정중하게 아이에게 고맙다 했다. 아이는 집에 돌아갈 때까지 의기양양했고, 나는 티 안 나게 풀이 죽어 있었다. 명사의 성 하나 제대로 사용 못 하다니... 그런데 말이다, 문득 이런 생각이 들었다.

'독일어는 아이들의 모국어니까 내 독일어 실수를 지적하고 고쳐 주는 건 당연하지 않은가!'

그 후 아이들은 내가 또 무슨 독일어 실수를 할까 싶어서 눈을 반짝이며 수업에 집중했다. 벼르고 있던 아이들에게 나의 실수는 꽤 즐거움이 되는 듯했다. 어떨 땐 녀석들이 이 재미로 한글학교에 오는 것은 아닐까 하는 생각이 들 정도였다. 그 덕분이었을까? 한글 자모를 배우던 아이들이 한 학기가 끝나갈 때쯤에는 두서너 줄의 한국어 일기를 쓸 수 있는 실력을 갖추게 되었고, 내 독일어 실수도 줄어들었다. 나는 인이가 그때 바로 잡아준 단어의 관사를 지금껏 한 번도 틀려본 적이 없다.

독일 아빠와 한국 엄마를 둔 우리 반 아이가 이런 말을 했다.

"제가 한국어를 배우는 이유는 엄마 때문이에요."

"엄마가 배우라고 해서?"

"아니요, 엄마와 대화하려고요. 엄마와 독일어로 말하는 게 좀 어려워요. 제가 한국어를 배워서 엄마와 얘기하고 싶어요."

열 살도 채 되지 않은, 아직 변성기도 오지 않은 아이의 말에 정신이 번쩍 들었다. 매주 토요일 세 시간이 주말 아르바이트 그 이상으로 내게 다가왔다. 엄마와 속마음을 나누기 위해서, 엄마를 이해하기 위해서 신나게 놀 수 있는 주말에 한글을 배우러 오는 아이에게 나는 어떤 마음으로 가르쳤던가. 내가 알바생에서 교사로 거듭나는 순간이었다.

나는 한글학교를 통해서 교포 2세 교육과 비전에 관심을 두게 되었다. 당시 독일에는 정식으로 한국사를 가르치는 곳도, 아이들이 읽을만한 독일어로 된 한국 역사책도 없었다. 94년 초 본 루카스(Bonn Lukas) 한인교회 김동욱 목사의 제의로, 당시 동아일보 특파원이었던 김창희 기자와 나를 포함한 다섯 명의 유학생들이 6개월간 교재를 만들어 16세 이상 교포 2세들에게 한글학교와 한인교회에서 2년간 한국사를 가르쳤다.

> 이 소책자는 독일에 거주하는 2세들을 위한 한국사 수업을 염두에 두고 작성된 것입니다. [...] 못난 역사는 못난 것대로, 찬란한 전통과 유산은 또 그것대로 이들 청소년들이 이해하고, 나아가 그 역사의 줄기에 자신도 맞닿아 있음을 한 번쯤 느낄 수 있게 만들어줘야 하지 않겠느냐는 문제의식이 [...]
>
> － ≪한국의 역사≫(김창희 외 공동집필)

교포 2세에게 한국사를 가르치기 위해 우리들이 직접 작성한 교재 ≪한국의 역사≫ 머리말 일부다. 각자 전공하는 분야는 달랐지만, 아이들에게 한국의 역사를 가르쳐야 한다는 문제의식은 동일했다. 모든 준비작업과 수업은 무보수로 진행되었다. 자료비와 복사비 등은 교회에서 보조받았다. 교재 작성과 수업 준비에 약 6개월이 소요됐다. 교안은 한국의 중고등학교 국사 교과서를 중심으로 작성되었고 필요한 자료들은 김창희 기자의 배려로 한국에서 조달되었다.

한국어로 의사소통이 어려운 학생들을 위해 수업자료는 한국어와 독일어로 작성되었다. 우리는 한 달에 두 번 정도 만나 교안을 검토하고 수업방식을 토의했다. 한국사 수업은 해당 시대의 개략적 성격과 그 시점의 가장 중요한 사건 중심으로 진행하기로 했다. 예를 들면, 고려시대와 인쇄술, 조선 전기와 한글, 조선 후기와 실학. 또한 동학혁명과 독일의 농민전쟁과 같이 독일의 유사 사례들을 비교 설명함으로써 수업의 흥미를 유발하는 방식이 채택되었다. 수업 범위는 고대서부터 김영삼 정권까지였다.

현대사는 우리의 치열한 논쟁거리였다. 논쟁의 수위를 조절하며 적절한 용어 선택의 중심에는 김창희 기자가 있었다. 그는 자신이 맡은 교안의 독일어 번역을 위해 부러 독일 친구를 사귈 정도로 열심이었다. 우리는 뢰머라거(Römerlager)가에 있던 그의 집에서 모였다. 한국에서 공수된 신간들을 나눠 읽으며 교안 작성을 위해 머리를 맞대던 그의 집은 우리들의 도서관이었고 과 룸이었으며 내가 오랜만에 한국 음식을 맛볼 수 있는 곳이었다. 우리를 위해 밥을 짓던 얼굴만큼이나 마음도 고운 그의 아내 덕분이었다.

한글학교에서 한글을 가르치고 직접 만든 교안으로 한국사를 가르친 지 많은 세월이 지났다. 아이들이 자기의 뿌리를 묻는 순간에 한국사 수업은 도움이 되었을까? 엄마와 속 깊은 대화를 위해 한국어를 배운다던 그 아이는 지금쯤 나이 든 엄마와 깨알 수다를 떨고 있을까? 특파원 부부는 좋은 어른으로 나이 들고 계시겠지. 빡빡한 유학 생활에서 시간을 쪼개 한국사 교재를 만들고 가르치던 동지들은 어딘가에서 빛나는 삶을 살고 있을 거야. 궁금함에 살이 붙어 그리움이 돼버렸다.

우리들의 인천 상륙작전

1992년 가을 본(Bonn)에 도착했을 때 나는 스물다섯 생일을 며칠 앞두고 있었다. 본 대학교에서 박사학위를 했을 때 내 나이 서른이었다. 유학을 마치고 귀국한 지 녁 달이 되어갈 즈음에 남편이 청혼했다. 당시 남편은 독일에서 대학 졸업 후 막 취업을 한 상태였다. 잠시 한국으로 들어온 남편과 결혼식을 올리고 나는 다시 독일로 떠났다. 이번에는 학생비자가 아닌 결혼 이민 비자를 신청해놓고.

독일 어느 잡지사와의 인터뷰 때 이런 질문을 받았다.

"독일에서 산 날이 더 많은데, 당신의 고향은 어딥니까?"

"내 고향은 내가 태어난 곳, 대한민국입니다. 여기서 산 날이 한국보다 많다고 해도 변하지 않는 사실입니다. 독일에는 우리 집이 있습니다. 남편과 내가 하루의 일과를 마치고 돌아와 쉴 수 있는 우리 집이 이곳에 있습니다. 하지만 언젠가는 남편과 함께 한국으로 돌아가고 싶습니다."

오랜 타향살이를 정리하고 고향으로 돌아갈 그 '언젠가'가 이제 코앞으로 다가왔다. 내년 2023년 가을이다.

나는 결혼 후 독일에 살면서 국적을 바꾸지 않았다. 나는 대한민국에서 태어나고 자랐다. 독일에서 오래 산다고 해서 태생을 바꿀 마음은 없었다. 하지만 독일 사회에서는 철저히 독일 사람으로 살았다.

이 사회에 들어와 살기로 한 이상, 다름에 대한 배려를 요구하기보다 내가 달라지고 맞춰갔다.

바쁜 일상 속에서 오늘이 어제처럼 지났다. 향수, 외로움, 그리움이란 단어는 말하는 순간 형체가 되어 나와 맞닥뜨릴까 봐 일부러 입 밖으로 뱉지 않았다. 애써 외면하고 살았던 감정들이었다. 귀향 역시 막연히 생각하고 있을 뿐이었다. 2020년 코로나로 재택근무를 하기 전까지만 해도.

이 방에서 근무하고 저 방으로 퇴근하는 재택근무를 한 지 7개월 정도 됐을 때 나는 집에서 쓰러졌다. 병가를 내고 독일에서의 삶을 되돌아보는 시간을 가졌다. 넘치게 감사한 날들이었다. 후회되지 않는 삶이었다. 하지만 더는 꾹꾹 눌러온 내 안의 말들을 외면할 수 없었다.

내가 외롭다고.

들기름 짜 놨으니 가져가라는 엄마의 닦달이 듣고 싶다고.

형제들과 전 부치며 명절을 맞고 싶다고.

나는 고향으로 돌아가기로 결심했다.

내게는 귀향이지만 남편에게는 고향을 떠나는 일이다. 30여 년간 당신 나라에서 살았으니 나머지 생은 내 나라에서 살자는 청천벽력 같은 제안을 남편은 받아들였다. 읍소와 협박에 가까운 나의 제안에 남편은 다른 선택의 여지가 없었다. 떠날 시기는 남편의 뜻에 따라 2023년 가을로 정했다. 내년 추석, 우리들의 인천 상륙작전이 펼쳐진다.

오, 오 서방!

엄마는 내 남편을 '오 서방'이라고 부르신다.

"잘 지냈는가, 오 서방~"

"오 서방, 언제 한국 올 텐가?" (장모님의 이 질문에 대한 오 서방의 대답은 늘 '내일'이다.)

큰 사위는 강 서방, 막내 사위는 전 서방, 그리고 둘째 사위는 오 서방으로 일관성 있게 부르신다. 남편의 성이 '오' 씨 일리가 없다. 남편의 성은 올브리히(Olbrich)이다. 이 복잡한 발음에서 첫음절을 뚝 잘라내 엄마는 이국의 사위에게 오씨 성을 만들어 주셨다.

어느 날 남편에게 물었다.

"내 삶의 모토는 '하나님께 감사하고 즐겁게 살자!'야. 당신은?"

한 치의 망설임도 없이 남편이 "Happy wife, happy life!"를 외쳤다. 남편의 슬기로운 삶의 모토가 마냥 좋지만은 않다. 살짝 미안한 마음마저 든다. 지기 싫어하는 아내와 살다 보니 인생 모토가 'Happy wife, happy life!'가 돼버린 건 아닌지.

우리는 결혼 7년 차에 독일에 집을 장만했다. 골조만 지어진 새집이라 내장재는 우리 마음대로 정할 수 있었다. 욕실 타일을 정하는 데 우리의 의견은 크게 갈렸다. 나는 흰색과 검은색, 남편은 비취색과 파란색 조합을 원했다. 며칠을 입씨름해도 둘 다 꿈적하지 않았다. 자신의 취향에 따라 새집을 꾸미고 싶은 마음은 남편도 나와 매한가지였다. 한쪽의 양보를 강요할 수도 없었고, 하고 싶지도 않았다. 욕실 타일 말고도 세상에 포기하고 양보할 것이 얼마나 많은데. 이깟 타일쯤은 각자의 취향대로 하기로 했다. 다행히 욕실이 두 개라, 하나는 남편이 바라던 대로 알록달록하게 꾸미고 다른 하나는 내 취향에 따라 검고 흰 타일을 붙였다. 비록 통일성은 없었지만 뭣이 중헌디!.

공중목욕탕의 타일 색을 끝까지 고수하던 남편이 이제는 어지간하면 나의 의견에 따른다. 신혼 초와는 사뭇 다른 모습이다. 남편의 이런 변화는 지지 않으려는 나 때문일 것이다. 숨 가쁘게 경쟁하던 삶에서 지지 않으려던 애씀이 습관이 되어버렸다. 동양 여자로 직장에서 독일 남자 동료들에게 지지 않으려고 기를 쓰는 것을 오랜 시간 보아온 남편이다. 남편은 나의 애씀을 대견해하면서도 짠해했다. 'Happy wife, happy life!'는 마우스피스 장착하고 권투 글러브 단단히 움켜쥐며 '덤벼, 한 방에 날려줄 테니'라며 전투력 충만한 내 두 손에 살포시 올려진 남편의 손 같다. '나한테는 이기려 하지 않아도 돼. 내가 그냥 져줄게.'라는 묵언의 배려에 나는 무장 해제된다.

《아주 보통의 행복》에서 저자 최인철은 지지 않는 사람이 싫다고 일갈한다.

> 지지 않는 사람들은 [...] 그렇게까지 하지 않아도 될 일임에도 반드시 상대의 자존심에 상처를 내고야 말며, 자신의 역린을 건드린 사람이라고

판단되면 가차없이 내친다. 하지 말아야 할 말, 넘지 말아야 할 선을 의도적으로 그리고 습관적으로 넘는다. [...] 지는 연습을 해야 한다. 져주는 것이 아니라 제대로 져야 한다.

- ≪아주 보통의 행복≫(최인철 저 / 21세기북스)

습관적으로 넘지 말아야 할 선을 넘으며 지지 않는 사람은 나도 싫다. 저자의 조언대로 나는 지는 연습을 해보기로 한다. 마우스피스 뱉어내고, 두들겨 패려고 쓰고 있던 글러브도 던져버리고, 제대로 져보려고 한다. 일단 시작은 오 서방에게서. 'Happy husband, happy life!'

기 센 남편에게 평생 눌려 사는 엄마는 '기 센 딸'이 '착하디 순한' 당신의 사위, 오 서방에게 횡포 부리며 살지는 않을까 늘 걱정이시다. 국제전화 때마다 딸보다 오 서방 안부를 먼저 물으신다. 오 서방은 좋겠다, 든든한 장모님이 계셔서. 큰 사위는 든든하고, 막내 사위는 막내아들 같다는 엄마에게 "오 서방은?" 하고 물었다.

"둘째 아들이지. 오 서방 부모님 다 돌아가셨잖아. 곧 우리나라에 와서 살면 내가 오 서방한테 엄마 해줘야지."

이 말을 전해 들은 오 서방은 감격해했다.

"오 서방, 언제 한국 올 텐가?"

엄마의 지치지 않는 이 질문에 이제는 농담이 아닌, 정말로 '내일'이라 답하는 날이 빨리 왔으면 좋겠다.

달걀과 바나나

남편은 달걀, 나는 바나나다. 생김새로 따지자면 길쭉한 남편을 바나나로, 작고 동글한 나를 달걀로 비유하는 게 맞다. 달걀과 바나나로 외모를 묘사하려는 것이 아니라 사고방식을 표현하려 한다. 노란 껍질을 벗기면 속이 하얀 바나나처럼 생김새는 동양인이면서 독일인처럼 사고하는 나는 바나나에, 겉은 흰 달걀처럼 뽀얀 독일인이지만 속은 노란 알처럼 동양적 사고를 하는 남편은 달걀에 빗댄 것이다.

독일에서 산 날이 한국보다 많아지면서 나는 점점 바나나가 되었고, 한국 여자랑 사는 세월이 더해감에 따라 남편은 달걀이 될 수밖에 없었으리라. '화성에서 온' 남자와 '금성에서 온' 여자가 부부로 사는 것이 우주의 온갖 기운을 받아도 쉽지 않은 터에 다른 문화와 사고 환경에서 자란 우리는 오죽했으랴. 각자 서로에게 닿기 위해 죽을힘을 다해 달리다 보니 남편은 어느새 나를 지나쳐 달걀이 되었고, 나 역시 중간 지점보다 더 나아가 바나나가 되어버렸다. 독일인 같은 한국 아내, 한국인 같은 독일 남편이다.

일상에 스며든 우리의 변화는 한국에 있는 부모 형제들이 먼저 알아챘다. 2~3년에 한 번꼴로 한국에 가는 내가 다른 형제들보다 부모님의 연로함을 더 체감하는 것처럼.

한 번은 엄마와 언니랑 안동으로 여행을 떠났다. 돌아오는 길에 시골 식당에서 점심을 먹었다. 식사 후 우리 셋의 밥값을 치르자 주인아줌마가 "저 채솟값은요?"라고 물었다. 아줌마는 엄마와 언니가 식당 앞에 소복이 쌓아놓은 채소를 가리켰다. 우리가 밥을 먹은 곳은 식당과 채소가게를 겸한 곳이었는데, 마침 추석이 이틀 후라 두 양반이 추석에 먹을 채소와 나물을 그야말로 산더미처럼 쌓아둔 거였다.

"저건 제가 계산할 게 아닌데요."

순간 아줌마의 당황한 두 눈이 엄마와 마주쳤다.

"이해하세요, 외국인이에요."

엄마의 한숨 섞인 대꾸에 언니는 박장대소했고, 아줌마는 당최 무슨 소린지 모르겠다는 표정이었다.

"딸인데 독일에서 오래 살다 보니 독일 사람이 다 돼버렸어요."

엄마의 친절한 설명에 아줌마도 웃음을 터뜨렸지만, 나는 그 상황이 전혀 우습지 않았다. 독일로 돌아와 남편에게 들려주자, 한숨을 포옥 내쉰 남편이 내 머리를 쓰다듬으며 말했다.

"아이고, 우리 외국인~"

또 한 번은 남편과 같이 한국에 갔었을 때의 일이다. 부모님 집에 모두 모여 저녁에 한바탕 신나게 윷놀이를 했다. 윷놀이 후에는 역시 치맥이지!

"치킨 먹을 사람? 내가 쏠게~"

나의 발랄한 제의에, 거하게 저녁을 먹은 식구들은 시큰둥할 뿐이었다. 나는 접수된 분량만큼 치킨을 주문했다. 배달된 치킨 냄새가 집안을 가득 채우자, 피곤하다며 자러 들어가신 엄마 아버지를 비롯해 시큰둥하던 식구들이 퍼놓은 밥상 주위로 주섬주섬 몰려 앉았다.

'이러시면 곤란합니다~ 안 먹겠다던 분들은 빠져주세요.'라고 쫓을 수도 없는 노릇이었다. 잠옷 차림의 아버지가 상 위에 펼쳐놓은 턱없이 부족한 치킨을 보고 말씀하셨다.

"고작 이거 주문했어? 딸아, 너희 집에서 어디 밥 한 끼 먹고 오겠니?"

"먹을 사람 손들라고 했잖아요, 안 드신다고 하셨으면서..."

혀를 끌끌 차며 부족한 치킨을 자손들과 나눠 드시는 아버지와 한마디씩 거들며 나를 놀리는 형제들을 보며 남편이 귓속말을 했다.

"내일 또 시키자. 그땐 물어보지 말고 그냥 다 시켜, 알았지?"

'도대체 내가 뭘 잘못한 거지?'

직장이든 교회든, 내가 독일에서 30년 동안 만난 독일인들의 의사 표현은 직설적이다. 세련됐냐 덜 세련됐느냐의 차이일 뿐 독일인들은 애든 어른이든 자신의 의견을 돌려 말하지 않는다. 직설적인 의사표현에 익숙하지 않았던 나 역시 직장생활 초반에 적잖은 어려움을 겪었다. 동료들은 내가 에둘러 말하는 것을 이해하지 못했고, 나는 못 알아듣는 동료들이 답답했다. 게다가 직설적으로 혹 들어오는 그들의 표현에 나가떨어지곤 했었다. 독일어라는 공통 언어로 대화하지만, 소통이 힘들었다. 남편은 중국에서 3년 정도 유학을 했던 터라 행간의 의미를 파악하는 능력이 내 동료들보다는 나았어도 동서양의 상이한 의사 표현은 다툼의 빌미가 되곤 했다. 이제는 굳이 말하지 않아도 눈빛만으로도 이심전심이지만.

한국인은 실타래처럼 얽힌 말들의 의미를 파악하는 능력이 뛰어남이 틀림없다. 일상에서 자신도 모르게 이 능력을 익히고 훈련할 테니 말이다. 직설적으로 자신의 의견을 드러내는 환경에서 자란 독일 사람들과 원활한 소통을 하기 위해 나는 이 초능력을 버리고 그들에게 맞출 수밖에 없었다. 이제는 내게도 직설적 의사 표현 방식이 편하다. 에둘러 말하는 대화법이 답답하게 느껴진다.

간혹 나의 직설적 표현에 한국에 있는 가족들이 당혹해한다. 과거 독일에서의 나를 보는 듯하다. 한국에서 후반생을 같이 보낼 가족들, 벗들, 그리고 이웃들과 원활한 소통을 하려면 내 안에 이 초능력을 되살려야 한다. 수년간 내 마음 어딘가에 처박아 놓았던 실타래 푸는 능력을 찾아내 쌓인 먼지 털어내고 햇볕에 뽀송하게 말려야 한다. 에둘러 말하며 상대의 말에 귀를 기울여야 한다.

하지만 쉽지 않은 다짐이다. 그새 나는 독일에서 잘 익은 바나나가 되어 일일이 따지고 옳고 그름을 직설적으로 말하는 데 익숙하다. 살짝 걱정이 앞서지만, 노란 달걀 알처럼 나보다 더 한국적인 남편이 있지 않은가! 한국에서 가족들과 외식할 때 화장실 가는 척하며 모두의 밥값을 계산하던 남편의 '한국스러움'에 은근슬쩍 묻어가 볼까 한다.

'너희도 애굽 땅에서 나그네였음이라'

코로나 염병이 창궐하기 몇 달 전에 여권이 만료되었다. 여권을 발급받은 지 그새 10년이 지난 것이다. 본(Bonn) 대사관 분관에서 새로 신청한 여권을 우편으로 받자마자 영주권을 갱신하러 아침 일찍 관할 외국인 관청(Ausländerbehörde)에 갔다. 빨리 일 처리하고 출근하려던 바람은 해당 창구 앞에 길게 늘어선 대기 줄에 물거품이 됐다. 대부분이 시리아에서 온 아랍계 외국인들이었다. '난민의 어머니'라 불리는 독일 전 수상 메르켈(Merkel)이 국경을 열어주어 내가 살던 동네에도 꽤 많은 난민이 살고 있었다.

대기표도 없이 길게 늘어진 줄 끝에 자리를 잡자마자 쩌렁쩌렁한 목소리가 들려왔다.

"Der Nächste!(다음 사람!)"

나는 귀를 의심했다.

'여기가 군대야? 수용소야? 다음 사람이라니!'

독일 시민을 상대하는 관청에서는 상상도 할 수 없는 말투다. 딱 봐도 난민처럼 보이는 민원인들을 만만히 본 것이다. 나는 고개를 내밀어 앞쪽을 살폈다. 줄 선 사람들과 공무원들 사이에는 등판에 Security라고 쓰인 유니폼을 입은 덩치 큰 남자가 서 있었다. 이 사람이 민원 창구가 빌 때마다 소리를 내지르고 있었다.

'다음 분 모시겠습니다.'까지 바랐던 것은 아니지만 관청에서 이런 막말을 듣고 있을 수는 없었다. 맥박수가 빨라지고 눈에서 불꽃이 튀었다. 내 상태가 이러면 생각보다 말이 먼저 튀어나온다.

"여보세요, '다음 분!(Der Nächste, bitte!)'이라고 말하세요!"

내 말에 갑자기 모든 소음이 멈춰버렸다. 목을 길게 빼고 나와 눈을 마주치는 보안요원에게 이렇게 덧붙였다.

"이게 올바른 독일어 표현입니다."

재벌 3세 드라마 주인공처럼 '내가 태어나서 이런 모욕은 처음이야.'라는 표정으로 나를 노려보던 보안요원은 민원 창구가 비자 다시 "다음 사람!"이라고 소리쳤다.

말이 안 통하는 사람과 말을 섞어봤자 싸움뿐이다. 조치를 취하면 된다. 업무를 보고 난 후 출입구에 있는 안내데스크에서 보안요원에 대해 물었다. 보안요원들은 관청 소속이 아니라서 이름을 알려줄 수가 없단다. 관청이 세 들어있는 건물의 주인이 건물 보안을 위해 고용한 사람들이라는 것이다. 버젓이 민원 업무에 도움을 주는 보안요원이 건물주가 고용한 사설팀 소속이라서 자신들과는 하등의 관계가 없다는 관청 직원의 해명에 '아~ 그러세요.'하고 물러설 내가 아니다. 여기서도 말이 안 통한다. 시청과 얘기할 차례다.

서둘러 회사로 출근했다. 컴퓨터를 켜자마자 시청 전화번호를 알아내 사무실 밖으로 나가 전화를 걸었다. 자초지종을 들은 시청 직원은 사태 파악 후 일주일 안에 연락을 주겠다고 했다. 민원 처리하는 데 일주일이나 걸리는 데가 독일 관청이다!

통화 후 콧김 날리며 사무실로 들어서자 동료들이 호기심 가득 바라봤다. 늦게 출근해서 사라지더니 얼굴에 '나 화났음' 티를 팍팍 내는 이유를 물었다. 내 설명을 들은 독일 동료들의 반응이 흥미로웠다.

"와~ 대단하다. 나는 너처럼 못했을 거야. 관청에 가면 이상하게 주눅 들거든, 안 그래 마쎌?"

"응, 나도 아무 말 못 했을 거야. 독일 사람들은 공기관의 업무와 관련해서는 써도 삼키지 너처럼 따지질 않아."

이러니 독일 공무원들의 관료주의와 불친절이 조금도 나아지지 않는 것이다.

시청에 항의한 지 하루 만에 전화가 왔다. 일주일씩이나 걸린다는 사태 파악이 벌써 끝났나 보다. 관공서의 이런 빠른 일 처리는 독일 생활 십수 년 만에 처음 겪어봤다. 담당자는 그런 불미스러운 일이 일어나 유감이라는 '일본식' 사과를 했다. 보안요원은 건물 보안을 위해 건물주가 인력 사무소를 통해 고용한 사람들이라 관청이 나서서 인사 조처할 수 없음을 양해해 달라고 했다. 건물주에게는 주의를 전달했다고 덧붙였다. 나는 조만간 다시 외국인 관청에 가야 하는데 개선된 모습이 보이지 않으면, 이번엔 시장하고 담판 짓겠다고 으름장을 놓았다.

두어 달이 지나서 갱신된 영주권을 받으러 오라는 연락을 받았다. 한걸음에 달려갔다. 내심 궁금했으니까. 이번에는 기다리는 줄이 길지 않았다. 민원 창구 앞쪽에는 "이쪽 창구로 가세요."라며 친절하게 안내하는 다른 보안요원이 서 있었다. 흐뭇했다. 그리고 딱했다. 시청에서는 상상도 할 수 없는 일이 외국인 관청에서는 민원을 넣어야 시정되는 현실이 씁쓸했다. 나야 죽을 때까지 독일에서 살아도 된다는 영주권이 있지만, 그날 나와 그 자리에 있었던 외국인들은 철저히 을의 입장이었을 것이다. 체류 허가가 연장되지 않으면 필사적으로 도망쳐 나온 곳으로 다시 쫓겨가야 하는 난민들도 있었을 테고, 생계 유지를 위한 지원이 필요한 사람들도 있었을 것이다. 나는 그들이 내뿜는 불안과 주눅을 어렵잖게 눈치챌 수 있었다. 외국인 업무와는 아무 상관도 없는, 인력시장에서 파견된 용역 역시 그들의 불안감을 모를 리 없었다. 그리고 그 절박함에 비루한 갑질을 해댔다.

수년 전 남편과 다니던 독일 교회에서 예배 설교를 막 시작하려던 목사가 교인들을 일으켜 세웠다.

"모두 일어나 보세요."

교인들이 의아해하며 일어섰다.

"여러분 중에 독일 국적이 아닌 분들은 자리에 앉으세요."

나를 포함한 몇몇 사람들이 자리에 앉았다.

"폴란드로 귀속된 옛 독일 땅에서 이주해 오신 분들은 앉으세요."

수십 년 전 나치 독일의 패전으로 폴란드 국경에 접해있던 고향 땅에서 소련군에 의해 하루아침에 거의 맨몸으로 쫓겨났던, 몇몇 나이드신 분들이 자리에 앉았다.

"러시아에서 귀환하신 분들도 앉으세요."

러시아에서 뿌리를 내리고 살았던 독일계 이주민도 적지 않았다.

"이곳이 고향이 아닌 분들도 앉으세요."

우르르~ 꽤 많은 사람이 앉고 나니 서 있는 사람은 몇 되지 않았다. 목사의 설교가 이어졌다.

"자, 보세요. 우리 대부분이 이방인입니다. 우리가 처음 이곳으로 왔을 때 누군가의 도움이 필요했습니다. 우리도 이방인이었음을 잊지 마세요. 성경 말씀입니다. '너는 이방 나그네를 압제하지 말며 그들을 학대하지 말라. 너희도 애굽 땅에서 나그네였음이라.'"

나의 개발언어 변천사

C, C++, C#, Visual Basic, Java, Groovy, Kotlin, Python, Angular, Matlab, Tcl. 소프트웨어 개발자였던 내가 업무에 사용했던 개발언어들이다. 가장 애착이 가는 언어는 C++다. 엄마는 아이가 울면 어디가 불편한지 안다고 한다. 엄마가 돼본 적이 없는 나는 그건 알 수 없다. 하지만 C++로 짠 코드가 자빠지면 증상과 발작 정도에 따라 어디를 들여다봐야 하는지 안다.

C++가 배우기 어려운 언어라지만, 내가 짠 코드의 저 아래쪽에서 무슨 일이 벌어지는지 알 수 있게 해 준다. 나는 독일 본(Bonn) 대학교에서 Turbo C++ 플로피 디스켓 3장을 번갈아 껴가면서 C++를 배웠다. C++는 내 첫사랑 개발언어다.

첫 직장에서는 C++만 사용했다. 회사가 망하는 바람에 일 년이 채 안 돼서 이직했다. 두 번째 직장에서의 개발언어는 C++, Python, 그리고 Matlab이었다. 벤츠, 아우디, 폭스바겐 자동차의 안정화 작업을 위한 솔루션을 제공하는 회사였다. 기계 설비와 테스트를 위해 Matlab을 사용했고, 대량의 데이터는 Python으로 처리했다. 입사 후 얼마 지나지 않아 독일 남부에 있는 진델핑겐(Sindelfingen)시에 있는 메르세데스 벤츠(Mercedes-Benz)사에 출장을 간 적이 있었다. 그때 간식으로 나온, 버터 바른 브레첼(Brezel)

69

은 끝내주게 맛있었다. 진델핑겐시는 내게 벤츠보다 브레첼로 기억에 남는다.

나의 세 번째 회사는 만하임(Mannheim)시의 자부심이었던 두덴 출판사(Duden Verlag)였다. 독일어 문법, 철자, 어휘 등을 바로잡는 제품을 만드는 데 개발언어로 C++와 C를 사용했다. 테스트 코드는 스크립트 언어인 Tcl로 작성했다.

C는 메모리 처리서부터 개발자가 신경 써야 할 사항이 많다. 한마디로 삽질하다 날 샌다. 기본 공사를 제대로 하지 않으면 프로그램이 어느 날 갑자기 주저앉아버린다. 지붕 올리고 페인트도 칠해야 하는데 공구리만 치다가 지치기 십상이다. C는 처리 속도가 빨라서 주로 기계 제어 부분(Embedded)에서 쓰인다.

두덴 제품에서 문자열을 처리하던 C는 참으로 불친절한 개발언어였다. 도끼로 이쑤시개 만드는 격이었다. 마케팅이고 나발이고 현 제품의 개발언어를 바꾸는 것이 가장 시급한 일이라고 여러 번 건의했지만, 씨도 안 먹혔다. 팀의 터줏대감인 개발자가 C언어 구루였기 때문이었다. 이래서 '라떼 꼰대'가 위험하다.

100년 넘는 전통을 자랑하던 두덴 출판사는 2014년 만하임시에서 문을 닫고, 베를린(Berlin)시에 있는 모회사(母會社) 코르넬젠 출판사(Cornelsen Verlag)로 축소 통합되었다. 두덴 출판사가 단지 C언어 때문에 망했다고 생각하지는 않지만, 과거에 굳어진 자신만의 방식을 고집하는 이들이 많았던 것은 아니었을까 하는 나름의 추측을 해본다.

두덴 출판사가 완전히 가라앉기 전에 나는 독일 노동청과 복지부 등 공기관에서 사용하는 소프트웨어를 만드는 회사의 시니어 개발자로 발 빠르게 이직했다. 당시 내 나이 47세였고 안정된 회사가 필요했다. 루르(Ruhr) 공업지대의 시에 속한 소위 '철밥통 회사'는 나의 네 번째 회사이자 마지막 회사였다.

이 회사에서는 두 부서에서 일했다. 첫 부서에서는 객체 지향 프로그래밍(Object Oriented Programming) 방식을 토대로 Visual Basic, C++, C#을 개발언어로 사용했다. 내가 만난 C#은 친절하지만 밍밍한 언어였다. C처럼 꼬장꼬장하지만 처리 속도가 화끈한 것도 아니었다. 그렇다고 Kotlin처럼 개발자가 과제에 집중하도록 묵묵히 궂은일 해주는 집사 같은 느낌도 없었다. C#은 내 것인 듯, 내 것 아닌 듯한 언어였다.

입사 후 2년 만에 나는 웹 기반의 차세대 제품을 만드는 부서로 옮겨갔다. 새 부서에서는 개발언어로 Java, Groovy, Angular를 사용했다. 부서 이동으로 개발언어만 바뀐 것이 아니었다. 개발환경이 완전히 갈아엎어졌다. 새 제품 개발은 이벤트 기반 프로그래밍(Event Driven Programming)으로 설계 방향을 잡았다. 서버와 데이터베이스 관리에 Java와 Groovy가 사용되었고, 사용자 인터페이스는 Angular로 구현되었다. 이후 Java와 Groovy는 Kotlin으로 대체되었다. 주절주절 하염없이 쓰인 Java 코드는 Kotlin으로 짧고 산뜻하게 작성되었다. Kotlin은 내 발에 잘 맞는 롤러스케이트 같았다. 타는 내내 즐거웠다.

꽤 많은 개발 언어들로 밥벌이를 했다. 나의 경험에 비추면, 한 개발 언어의 기본을 제대로 이해했다면 다른 언어들도 금세 배울 수 있다. 따라서 얼마나 많은 개발 언어를 다룰 수 있느냐는 그리 중요하지 않다. 과제 해결에 적합한 개발 언어를 선별할 수 있어야 한다. 생선을 회로 뜰 때와 토막 칠 때 사용하는 칼이 다르듯 말이다.

요즘 젊은 동료들은 빠르게 코딩을 잘한다. 독일 대학에서 주로 Java나 C#을 배우고 입사한다. 메모리 관리 따위는 몰라도 개발도구를 사용하는데 거침이 없다. 단축키 써가면서 현란하고 능숙하게 일하는 모습에 입이 쩍 벌어진다. 문제는 문제(Bug)가 생겼을 때다. 문제가 생긴 곳을 들여다보기 전에 구글링부터 한다. 문제에 대한 해답을 검색해서 얻으려 한다. 이래서는 이 바닥에서 생존할 수 없다. 메모리 관리에 대한 이야기만 나오면 '매~직!'이라며 어깨 들썩이며 헛소리하지 말고, 자신이 쓴 코드의 보이지 않는 부분에서 무슨 일이 일어나는지 알아야 한다. C나 C++를 배워두면 보이지 않던 것이 보이기 시작한다. 기본이 다져져야 개발자로 즐겁게 오래 일할 수 있다.

나의 스크럼 이야기

마지막 일터에서 나는 주 4일(에 준하는) 근무를 했다. 근로계약서에는 주당 5일 40시간 근무와 일 년 30일 유급휴가가 명시되어 있다. 월요일부터 목요일까지는 스크럼(Scrum) 방식에 따라 팀 과제를 수행했고 금요일에는 부서 활동을 했으니 업무로만 따진다면 완벽한 주 5일 근무는 아니었다.

금요일에는 팀 과제를 수행하지 않고 서로 필요한 정보를 교환하거나 주제를 정해 토론하는 식의 소규모 워크숍을 진행했다. 참석 여부는 각자가 결정했다. 부서 활동을 하는 금요일을 오픈 프라이데이(Open Friday)라고 불렀다.

마당에 꽃 가꾸고 그림 그리는 나의 언니가 스크럼이 뭐냐고 물어보면 이렇게 설명할까 한다.

"언니가 스크럼의 역사, 고안한 사람들에 대한 관심은 없을 테니 이건 패스~. 스크럼은 팀이 과제를 잘 수행하기 위한 일종의 협업 방법이야. 스크럼의 출발점은 팀과 팀에게 주어진 과제야. 모든 팀원은 수평적 관계에서 공동의 팀 과제를 달성하기 위해 협업을 하지. 윗사람이 까라면 까는 식으로 위에서 내려오는 업무 지시 따위는 없어. 부장, 팀장 같은 직급도 없어. 대신 역할이 있어. 외부에서 팀 과제를 가져와 일의 우선순위를 정하는 팀원을 제품 책임자(Product

Owner)라고 해. 과제를 수행하는 팀원들을 개발팀(Development Team)이라고 불러. 팀이 과제를 잘 해내도록 모니터링하고 돕는 역할을 하는 팀원이 있는데, 바로 스크럼 마스터(Scrum Master)야. 각자의 역할에 따라 1~4주 단위로 협업하는데, 이걸 스프린트(Sprint)라고 해. 하나의 스프린트에는 과제를 숙지하는 회의, 과제 수행, 정보를 공유하는 일일 회의, 그리고 협업을 마친 후 시연하고 평가하는 작업들이 있어. 소프트웨어 개발에 사용되는 이러한 협업 방법을 스크럼이라고 해. 8~10명 정도의 팀 규모가 스크럼을 하기에 좋아."

이제 이 스크럼이란 걸로 내가 어떻게 일했는지 소개하겠다. 9명으로 구성된 우리 팀에서 나는 과제를 수행하는 개발팀에 속했다. 스프린트는 2주 간격이었고 관리 툴로 Jira를 사용했다. 스프린트의 첫날인 월요일에는 종일 회의만 했다. 9시 10분에 시작되는 스프린트 계획 회의(Sprint Planning)에서 팀은 제품 책임자가 가져온 과제(Sprint Backlog)를 서너 개의 하위 과제(User Story)로 쪼갰다. 하위 과제들은 사용자 입장에서 쉽게 풀어썼다. 이 과정에서 덜 숙지된 내용을 보강했다.

제품 책임자가 하위 과제들의 우선순위를 정하면, 개발자들은 각 하위 과제의 책임자를 뽑았다. 처음에는 모든 개발자가 모든 하위 과제를 처리했는데 업무의 일관성과 책임감을 보완하기 위해 책임자를 선정했다. 여기까지가 1차 스프린트 계획 회의의 내용이다.

점심 식사 후 과제 책임자들은 오후 2시까지 자신이 맡은 하위 과제의 일감(Task)들을 하루치 분량으로 작성했다. 2시가 되면 개발팀

만이 참석하는 2차 스프린트 계획 회의가 열렸다. 이때 하위 과제 책임자들이 각자 작성한 일감들을 소개하면 개발팀은 빠진 일감들을 보충하고 우선순위를 정했다.

모든 하위 과제와 일감에 대한 점검이 끝나면 제품 책임자와 스크럼 마스터를 불러, 스프린트 목표를 정하고 스프린트를 시작했다. 업무 상태와 흐름을 한눈에 파악하기 위해 스프린트 게시판(Sprint Board)을 사용했다. 게시판에 하위 과제들과 그에 속한 일감들을 우선순위에 따라 붙여놨다. 코로나로 재택근무 중에는 Jira Scrum Board를 사용했다. 여기까지가 2차 스프린트 계획 회의의 내용이고, 이로써 긴 하루가 끝났다.

부서 활동을 하는 금요일을 제외하고, 화요일부터 다음 주 수요일까지 만 6일 동안 개발팀은 과제 수행에 집중했다. 매일 아침 9시 10분에 제품 책임자, 스크럼 마스터, 개발팀 모두 스크럼 게시판 앞에 모여 섰다. 각자의 업무 진행에 대해 보고하는 일일 회의를 우리는 Standup이라고 불렀다. 정해진 순서 없이 한 명씩 돌아가며 어제는 어떤 일감을 처리했고, 오늘의 일감은 무엇이며, 작업 수행에 방해 요소가 있는지, 만약 있다면 지원이 필요한지에 대해 2~3분 정도 짧게 브리핑했다. 세부적 내용으로 브리핑이 길어지면 가차 없이 말을 끊었는데, 이것은 거의 내 담당이었다. 일일 회의 때 말 많은 팀원은 딱 질색이라서.

스크럼 마스터는 일일 회의 때 언급된 장애물 해결과 지원에 대해 조율하고, 일의 진척을 시각화한 번다운차트(Burndown Chart)를 관리했다. 각 하위 과제의 책임자는 자신의 과제에 집중했지만, 나머지 개발자들은 과제의 우선순위에 따라 하루치 일감을 처리했다. 일감을 선택할 때 일 처리 흐름을 꿰고 있는 과제 책임자와 긴밀히 소통했다.

스프린트가 끝나는 두 번째 주 목요일에도 온종일 회의만 했다. 9시 10분 일일 회의에서 스프린트의 성공 여부를 최종 점검했다. 10시에는 부서의 다른 제품 책임자들을 불러 2주간 수행한 과제를 40분간 시연(Sprint Review)하고 피드백을 얻었다. 시연자는 스프린트 시작할 때 자원하는 방식으로 정했다.

짧은 휴식 후 11시부터 1시간 45분 동안 스프린트에 대한 평가 회의(Sprint Retrospective)를 했다. 스크럼 마스터가 이 회의를 진행했으며 팀원 모두가 참석했다. 이때 세 항목, 즉 스프린트 동안 좋았던 점, 문제점, 그리고 토의사항 등을 다뤘다. 10분 정도 팀원들은 각자 포스트잇을 작성해서 세 가지 항목 아래에 붙였다. 이 작업이 끝나면 한 사람씩 자신이 작성한 포스트잇 내용을 짧게 설명했다. 이때 그 어떤 피드백도 허락되지 않았다. 내용이 길어지고 다툼으로 이어질 수도 있기 때문이었다. 할 얘기는 '토의사항' 항목에서 다수의 표를 얻은 것들 순으로 시간이 허락하는 한도 내에서 다뤘다. 토의 내용이 길고 복잡한 것들은 모았다가 따로 일정을 잡아 의견을 나눴다. 재택근무 중에는 스프린트 평가 회의에 Online Whiteboard Miro를 사용했다.

점심 식사 후 2시부터는 다음 스프린트에서 다룰 과제를 숙지하는 회의(Sprint Refinement)를 했다. 제품 책임자가 진행했고, 각 개발자는 2주 동안 과제를 수행할 수 있는 시간을 파악해서 알려줬다. 별다른 일정이 없다면 각 개발자는 두 번의 금요일과 종일 회의만 하는 이틀을 제외한 만 6일을 과제 수행 시간으로 가졌다. 하지만 우리는 6일의 80%인 5일만 과제 수행일로 계산했다. 개발자가 기계도 아니고, 100% 근무 시간을 오로지 과제 수행으로만 쓸 수는 없기 때문이었다. 제품 책임자는 개발자들의 업무 수행 일을 합친 값을 토대로 다음 스프린트 과제의 분량을 정한 뒤 세부 과제들을 설명했다. 이 회의를 끝으로 2주간의 스프린트를 마쳤다.

우리 부서에는 6개의 스크럼 팀이 있었다. 각 팀은 8~11명의 팀원으로 구성되었다. 모든 팀이 월요일부터 목요일까지 위에서 설명한 방식으로 일했다. 두 달에 한 번꼴로 모든 스크럼 팀이 모여 부서 관리자, 마케팅팀, 고객지원팀을 초대해 네 번의 스프린트 동안 달성한 결과를 각 팀이 돌아가며 시연했다. 이를 제품 시연(Product Review)이라고 불렀다. 제품 시연이 끝나면, 각 스크럼 팀의 제품 책임자들을 중심으로 제품 평가 회의(Product Retrospective)를 했다.

마지막 일터에서 나는 스크럼의 진가를 봤다. 스크럼을 통해 체계적이며 효과적으로 동료들과 협업했다. 성공적 협업은 공동체 의식과 열린 마음으로 가능했다. 팀원 모두가 한배를 탔고 공동의 팀 과제를 위해 각자의 역량껏 노를 저어야 했다. 오늘 처리할 일감에 장애물이 생기면 도움을 청하고, 도움을 주며 함께 문제를 해결해나갔다.

협업에 모난 구루 따위는 필요 없었다. 스스로 구루라 여기는 '악의 축' 같은 동료들이 팀에서 쫓겨나는 것을 나는 여러 번 목격했다. 스크럼으로 일하다 보니 팀원들의 관계는 촘촘히 짜인 그물 같았다. 동료가 맘에 안 든다고 피할 수 있는 업무환경이 아니었다. 협업에는 필요한 구조지만 팀원들 간 갈등의 빈도는 꽤 높았다. 업무와 동료들에게서 적당한 거리 두기가 꼭 필요했다.

가끔 회의 중에 동료들을 물끄러미 보고 있으면, 참 징글징글하다가도 오지기도 했다. 얼마의 우연이 겹쳐야 이런 인연을 만들어내는 걸까. 회사를 떠나 자발적 은퇴를 한 지 넉 달째 접어들고 있다. 회사 일 전혀 안 궁금하고 동료들도 그다지 그립지 않다. 하지만 우연히 길에서 마주친다면 맛난 케이크와 커피 한 잔 대접하며 반갑게 안부를 물을 것 같다.

Team Autonomy

내가 퇴사했던 부서에는 부장이 없었다. 팀에 팀장도 없었다. 주임, 대리, 과장 같은 직급 역시 없었다. 대신 팀 안에서의 역할이 있었다. '품질 챔피언(Quality Champion)', '보안 영웅(Security Hero)', '설계 도사(Architecture Master)', '디자인 천재(UX-Genius)'처럼 우스꽝스러운 이름이 붙은 역할을 팀원들이 상의하여 나눠 가졌다. 나는 품질 챔피언이었다. 이전 회사에서 소프트웨어 설계자 역할을 했던지라 설계 도사를 맡고 싶었지만, 내가 부서 이동으로 팀에 왔을 때는 품질 챔피언 역할만 남아있었다. 까짓~ 하지 뭐, 하고 맡은 역할이었는데 상당히 매력적이고 재밌었다.

팀 안에서 각 개발자는 개발 과제와 역할이라는 두 가지 임무를 수행했다. 예를 들어, 보완 영웅은 자기 과제에서 설계에 해당하는 부분을 설계 도사와 상의했다. 설계 도사는 보완 영웅에게 자신이 맡은 과제의 보안에 관한 조언을 구했다. 품질 챔피언이었던 나는 테스트 주도 개발(Test Driven Development) 원칙에 따라 단계별 테스트 전략을 세워 팀원들이 과제를 효과적으로 테스트할 수 있게 도왔다. 팀은 직급 없는 수평관계에서 오로지 역할 중심으로 움직였다.

부서에는 인사권을 가진 두 명의 관리자가 있었지만, 각 개발팀은 스스로 결정하고 그 결정에 책임을 졌다. 팀들이 상호 잘 작동하도록 돕는 것이 부서 관리자의 중요 역할이었다. 팀은 상명하복이 아닌 자율적으로 운영됐다. 같이 일할 동료를 뽑을 때면 팀원 모두가 면접관이었고, 지원자들에게 성적을 매겨 최종 합격자를 추려냈다. 큰 문제가 없다면 관리자는 팀의 결정에 따랐다. 결정에는 책임이 따르는 법. 새 팀원이 업무에 빨리 적응하고 과제를 수행할 수 있도록 팀은 다방면으로 도왔다. 그 친구를 뽑은 건 팀원 각 사람, 바로 나였으니까.

회사의 미래인 우리 부서는 차세대 제품 개발을 위한 연구부서로 출발했다. 기존의 개발환경을 완전히 엎고 새롭게 판을 짜는 시도들이 이뤄졌다. 부서 이동 후 개발언어 Java로 일 년 정도 일하던 중, 각 팀의 설계 도사들이 모여 Java 대신 Kotlin을 사용하자는 의견을 냈다. 각 팀은 장단점을 깨알같이 분석해서 꽤 오랫동안 논쟁을 벌였다. 결론은 한 팀 빼고 모두 Kotlin을 사용하는 데 찬성했다. Java 아니면 안 되는 이유가 차고 넘치는 팀에게 누구도 Kotlin으로 통합하라고 강요하지 않았다. 그 팀은 자체 결정에 따라 계속 Java를 개발언어로 사용했다. 사실 Java와 Kotlin 코드는 잘 연동된다. 문제될 것 없다. 내가 회사를 떠날 때까지 그 팀은 여전히 Java로, 다른 팀들은 Kotlin으로 일했다. Team Autonomy의 정수를 보는 듯했다.

한국 뉴스에서 독일 정부의 코로나 정책에 반대하는 시위를 보신 엄마가 전화를 하셨다.

"그 나라 사람들은 정부 말을 왜 그렇게 안 듣는다니! 마스크도 안

쓰고 접종도 안 하고, 대체 왜 그런다니!"

"하하~ 엄마 저도 몰라요, 이 나라 사람들이 왜 이렇게 생겨 먹었
는지. '우리 모두 다 같이 손뼉을 짝짝~' 이런 거 여기서는 안 통해
요. 남들 손뼉 칠 때 발 구른다고 쥐어박을 수 없어요. 왜 너는 같이
안 하냐고 물어보면 밤새워 그 이유를 설명할 거예요. 다르다고 틀린
건 아니잖아요."

독일 회사의 사원 평가

대부분의 독일 회사는 연말이 되면, 각 개인의 실적에 대한 평가 회의(Mitarbeiterjahresgespräch)를 실시한다. 평가 회의는 상사와 1:1로 진행된다. 상사는 자기 상사와 또 평가 회의를 한다. 이러한 피라미드식 사원 평가가 1년에 한 번 실시된다. 회의는 12월 초에 시작되어 보통 3월 말이 돼서야 마무리된다.

일반적으로 회사마다 평가 회의를 위해 평가서를 제공한다. 부하 직원과 상사 모두 회의 전에 평가서를 작성한다. 평가서를 토대로 한 해 실적에 대한 평가, 능률을 올리기 위한 개선점, 내년 목표 설정, 그리고 연봉 등에 대해 의견을 나눈다.

나의 두 번째 직장 A에서의 사원 평가를 소개하겠다. A 회사는 2,000여 명이 일하는 IT 회사다. 사원 평가서는 크게 협업, 업무 조직, 업무의 질, 업무량, 자발성, 그리고 관리 책임-이 항목은 상사에게만 해당한다-으로 구성된다. 각 항목은 다시 세부 항목으로 나뉘며, 0에서 8점 사이의 점수가 매겨진다. 한 항목이라도 0점을 받으면 당장 보따리 싸야 할지도 모른다. 8점을 받으면 사장이 회사 앞에 동상을 세워줄지도. 하지만 회사 창립 이래 0점도 8점도 없었다고 한다. 보통 4~6점을 받는다.

다음은 A 회사의 사원 평가 항목들이다.

협업(Teamwork)

- 목표 설정 시 동료들의 업무 상황을 고려하는가?
- 동료들과 같이 문제를 해결하려는 적극적 의지가 있는가?
- 도움과 지식을 주고 받을 자세가 되어있는가?
- 동료의 의견을 경청하고 합의를 통한 목표 달성이 가능한가?
- 동료의 성과를 자기 것으로 가로채지는 않는가?
- 팀의 이익을 고려하며 일하는가?
- 새 팀원을 잘 돕고 지원하는가?
- 갈등을 신속히 인지하고 해결할 능력이 있는가?
- 업무에 관련된 비평을 수용할 자세가 되어있는가?
- 토론을 혼자 장악하려 들지 않는가?
- 토론 시 건설적 해결을 지향하는가?
- 인신공격을 감정적으로 대응하는가?
- 팀 분위기를 썰렁하게 만드는 장본인인가?

업무 조직(Work Organization)

- 일정을 지키는가?
- 합의 사항을 지키는가?
- 업무를 신중히 처리하고, 문제 발생 시 신속히 대처할 능력이 있는가?
- 업무 흐름을 잘 파악하고 있는가?
- 유고 시, 동료들이 대신 업무를 수행할 수 있도록 평소 문서

정리는 잘해놓는가?

- 업무에 필요한 정보를 적극적으로 찾아 응용하는가?
- 결정에 따른 긍정적 혹은 부정적 결과를 예측할 능력이 있는가?

업무의 질(Quality of Work)

- 꾸준한 업무 수행 능력을 보이는가?
- 업무에 새로운 전문 지식이 사용되는가?
- 기존의 결과를 새 업무에 적용할 능력이 있는가?
- 업무 간의 연관성을 파악하여 효과적으로 일하는가?
- 성실한가?
- 위험 요소를 제때 파악하여 대처할 능력이 있는가?

업무량(Quantity of Work)

- 초과 업무를 할 자세가 되어있는가?
- 초과 업무를 할 때 감정적으로 대응하지 않는가?
- 초과 업무를 할 때 업무 능력이 떨어지는가?

자발성(Own-initiative)

- 변화를 쉽게 수용하고 대처하는가?
- 끊임없이 자기 계발을 하는가?
- 업무 결과를 책임질 자세가 되어 있는가?

관리 책임(Managerial Responsibility)

- 목표를 설정하고 관철할 능력이 있는가?
- 팀원들의 능력과 지식을 정확히 파악하여 적절한 업무를 부여하는가?
- 성과와 실책을 제대로 평가할 능력이 있는가?
- 팀원들 간의 갈등을 해결할 능력이 있는가?
- 팀원들이 성과를 이루도록 장려하는가?
- 지위를 남용하지는 않는가?
- 존경받는 지도력을 갖췄는가?
- 불필요한 경비를 줄이도록 노력하는가?
- 회사의 입장에서 경제적으로 생각하는가?

회의 전까지 부하 직원과 상사는 각자 이 평가서를 작성한다. 상사만의 일방적인 평가는 없다. 부하 직원도 자신을 평가하여 점수를 매긴다. 회의는 약 2시간 동안 진행되며 서로의 평갓값을 교환한다. 견해차가 커서 합의가 불가능하면, 이후 제삼자가 참여하는 회의가 주선된다. 그런데도 견해차가 좁혀지지 않으면 (이론적으로) 사장까지 만날 수 있다.

독일 회사에는 일괄적으로 치르는 승진 시험이 없다. 어쩌면 이런 사원 평가가 승진 시험보다 더 부담될 수도 있다. 작년보다 올해 평가 점수가 낮으면 일 년 내내 긴장하며 살아야 하니까.

나의 네 번째 회사 B의 사원 평가 방식은 상당히 독특했다. B 회사는 스크럼 방식에 따라 팀장 없이 수평적으로 운영되었다. B 회사

역시 12월 초부터 사원 평가를 시작한다. 하지만 사원 평가서라는 것이 없다. 대신 세 명의 동료들에게서 받은 피드백을 평가 회의에 제출해야 한다. 동료 셋을 다 모아놓고 피드백을 얻는 것이 아니라 따로따로 피드백을 받는다. 굳이 같은 팀의 동료일 필요는 없다. 누구든 상관없다. 어떤 동료에게서 피드백을 받을지는 본인이 결정한다.

12월 초가 되면 서로 피드백을 주고받으려고 어수선하다. 피드백을 받고 싶은 동료 3명을 정하고, 의사를 타진한 후 각 사람과 30~40분 정도 만남을 갖는다. 정해놓은 항목은 없지만, 대략 일 년간의 협업, 업무 처리의 개선점, 탁월했던 점 등을 동료가 말하게 놔두고 본인은 플립차트에 토씨 하나 틀리지 않게 옮겨 적는다. 이때 원칙이 있는데 동료의 피드백에 대한 피드백은 금지다. 일 년 업무에 대한 피드백을 받고자 만나는 것은 회의가 아니기 때문이다. '참 좋아요', '참 잘했어요' 일색의 피드백은 곤란하다. 평가 회의에서 '내년에는 안 좋은 것, 개선점들을 받아오시라'는 잔소리를 듣게 될 테니 말이다.

이렇게 모은 3개의 피드백은 이후 평가 회의에서 쓰일 자료다. 평가 회의에는 부서 관리자와 팀의 스크럼 마스터가 참여한다. 회의가 시작되면, 3명의 동료에게서 받은 피드백 플립차트를 벽에 붙이고 그 내용을 짧게 소개한다. 그것을 바탕으로 2시간 동안 평가 회의가 진행된다. 연봉 협상은 회의 말미에 한다.

동료들에게서 피드백을 모으기 전에 나는 내게 주는 피드백을 작성했다. 제출용은 아니지만 플립차트에 내가 하는 소리를 받아 적었다. 남의 의견도 중요하지만 나 자신의 평가도 중요하니까. 나중에 동료들의 피드백과 비교하면 아주 흥미로운 사실을 발견한다. 그들의 피드백이 내 것과 크게 다르지 않다. 협업을 중요시하는 스크럼 방식에 따라 한 주에 40시간 딱 달라붙어 일하는 동료들이 나를 드문드문 알 리가 없다. 동료들에게서 받은 피드백으로 일 년 업무 평가를 내리는 것은 상당히 정확하고 공평하며, 상사의 지위 남용을 막는 방법이기도 하다.

팀, 플러스 섬 게임

내가 마지막으로 일했던 팀에는 모든 DISC 성격 유형이 존재했다. 주도형(Dominance), 사교형(Influence), 안정형(Steadiness), 그리고 신중형(Conscientiousness). 나는 신중형이다. 관리자는 한 팀에 DISC 유형이 골고루 있으면 이상적인 팀 구성으로 여긴다. 서로 보완하며 시너지 효과를 낼 수 있기 때문이다.

내가 퇴사한 회사에서, 한 번은 팀이 크게 삐걱댄 적이 있었다. 사교형인 동료가 그해 목표로 주도형이 되겠다고 선언했다. 자신은 주도형과 사교형의 경계에 있는데 주도형으로 넘어가겠다면서. 한번 말 섞기 시작하면 언제 끝날지 모르고 여기저기 기웃거리며 부서의 최신 정보는 꿰고 있는 동네 통장 같은 친구였다. 게다가 어찌나 말솜씨가 좋은지 논쟁이 붙으면 당해낼 재간이 없었다.

주도형이 되고자 부단히 노력하는 이 친구에게 팀은 떨떠름했다. 말본새가 사나워졌을뿐더러 독단적인 결정으로 팀원들과 불협화음이 생겨났다. 무엇보다도 원래부터 주도형이던 동료와 크게 부딪혔다. 원조 주도형과 주도형이 되고 싶은 동료 간의 기 싸움이 1년 정도 지속됐다. 팀의 토의사항은 어느새 둘 간의 논쟁으로 끝났고 팀원들의 불평과 불편함은 쌓여갔다. 팀이 곪아가고 있었다. 대책이 필요했다.

팀이 여러 번 중재를 시도했지만 둘은 꿈적도 하지 않았다. 이쯤 되면 둘 중 하나를 내보내야 했다. 하지만 팀은 딱히 결정을 내리지 못하고 있었다. 결국 관리자와 상담 전문가가 끼어들었다. 두 동료 간의 대화를 시도하고 해결점을 찾으려 했다. 석 달 정도의 노력에도 변화가 없자, 주도형으로 변신을 꾀했던 동료가 팀에서 강제 배제되었다. 관리자의 결정이었다.

사교적이고 바지런한 자신의 강점을 발전시키면 좋았을 텐데, 그 친구는 왜 굳이 주도형이 되려고 했던 걸까? 사실 안 물어봤다. 나 역시 그의 변화가 못마땅했으니까.

모두가 주도적일 수도, 사교적일 수도 없다. 자기 고유의 색을 유지해야 팀이라는 무지갯빛을 만들 수 있다. 모두의 색을 하나로 섞으면 검정이 되어버린다. 빠른 결단력을 지닌 주도형, 밝은 분위기로 활력을 주는 사교형, 협력의 달인인 안정형, 그리고 꼼꼼한 일 처리를 하는 신중형이 어우러져 개인과 팀 전체에 이익이 되는 플러스섬 게임(Plus-sum game, 참가자 모두에게 이익이 되는 게임)을 해야 한다. 내 것과 네 것이 더해져 둘 이상의 결과를 만들어 낼 수 있어야 한다. 그래야 일할 맛이 난다.

추가 설명: 우리 팀에서 쫓겨난, 주도형이 되고자 했던 동료는 새 팀에 투입되어 팀의 원조 주도형으로 자리매김했다.

MBTI는 과학이다?

"역시 MBTI는 과학이에요!!"

내 MBTI 테스트 결과를 알려줬더니 조카가 느낌표 팍팍 찍은 문자를 카톡으로 보내왔다. 올해 서른둘이 되는 조카와는 재테크와 관련해서 종종 대화를 나눈다. 성격 유형으로 투자 성향을 알 수 있다면서 조카는 어느 날 뜬금없이 MBTI 테스트를 권했다. 이모가 어느 유형일지 짐작은 가지만, 한번 해보시라는 말도 덧붙였다.

테스트 결과, 나는 ESTJ-A(엄격한 관리자) 유형이다. 유형 설명을 나에게 비춰보자.

'훌륭한 질서는 모든 것의 기초이다.'

동의한다.

'옳다고 생각되는 일은 거침없이 밀고 나가는 굳은 의지!'

역시 동의한다.

'부족함을 인정할 줄 아는 지혜가 필요하다.'

이건 동의 못 하겠다. 나는 부족함을 숨기지 않으니까.

안 되겠다, 내가 누구인지 리스트를 작성해보자.

나는

- 내가 제일 중요하다.
- 내 말과 행동을 남과 비교하지 않는다.

- 욕심이 많다. 그렇다고 남의 것을 탐하지 않는다.
- 부당함을 견디지 못한다. 끝까지 바로 잡으려 한다.
- 공짜가 불편하다.
- 남이 내 일 해주는 것을 좋아하지 않는다. 내 일은 내가 한다.
- 계획하기 전에는 행동에 나서지 않는다. 배가 고파서 먹는 것이 아니라 시간이 되었으니 먹는다.
- 예외와 그냥이 낯설다.
- 문장보다 도표나 번호 매긴 설명을 선호한다.
- '입니다'체를 읽는 것이 답답하고 곤욕스럽다. '이다'체가 읽기 편하다.
- ||/| → ||||, 이러면 체기가 가신다.
- 내가 세운 계획이 외부에 의해 어긋나면 화난다.
- 약속 시간을 과하게 잘 지킨다.
- 정공법을 좋아한다. 장애물은 뛰어넘으라고 있는 것이다.
- 내 결정에 최선을 다한다. 결과는 후회 없이 받아들인다.
- 내가 어찌할 수 없는 것에 대한 포기는 빠르다. 아닌 것에 힘 빼지 않는다.

그러고 보니 MBTI는 과학일 수도 있겠다. 흠흠.

중국을 사랑하는 남자

중국을 사랑하는 남자, 내 남편이다. 오죽하면 '내가 좋아, 중국이 좋아?'하고 물어볼 정도다. 어찌나 기묘하게 빠져나가는지 아직 답을 듣지 못했다. 우리는 본(Bonn) 대학교 학생 식당에서 처음 만났다. 남편은 90년도 초에 중국에서 3년 유학했고, 이후 본 대학에서 중국어를 전공했다. 지금은 출판사에서 일하지만 직업경력 8할은 중국 무역과 금융에 관련된 일이었다.

남편이 무역 회사에 다닐 때 1년에 서너 번은 중국으로 출장을 갔다. 남편의 일정이 끝날 즈음이면 나도 중국으로 날아가 둘이서 여행을 하곤 했다. 한 번은, 남편의 거래처에서 내가 중국에 와 있는 것을 알고 저녁 식사에 초대한 적이 있었다. 식사 내내 대여섯 명의 거래처 직원들과 능숙하게 중국어로 대화하는 남편이 참 멋져 보였다. 똑똑한 아들 바라보는 엄마 마음이 이런 걸까?

베이징(北京)에서의 일이다. 남편이 일하는 동안 나는 혼자서 시내 구경을 했다. 돌아다니다가 한 카페에서 커피와 샌드위치를 시켰다. 선불이었다. 먹고 일어서는데 직원이 영수증을 내밀며 계산하라고 했다. 나에게 커피와 샌드위치를 가져다주고 선불이라며 돈을 받아 간 바로 그 직원이었다. 조금 전까지 나와 영어로 서툴게 대화하던 사람이 중국어로 나를 몰아붙였다. 점장인 듯한 여자가 와서 미리 계산했다면 영수증을 보여달란다.

'아뿔싸, 영수증을 안 받아놨구나!'

꼼짝없이 다시 돈을 내야 하는 상황이었다. '얼마 안 되는 돈, 그냥 줘버릴까?' 생각했지만 괘씸했다. 카페 전화로 남편에게 전화를 걸었다. 내 울분을 토해내자 남편이 점장을 바꿔 달라고 했다. 남편과 중국어로 통화를 마친 점장은 그 직원을 매섭게 노려보고는 나더러 가도 좋다고 했다. 사과는 못 받았지만 나 대신 남편이 항의했으니 그 정도면 됐다. 나는 정말 모르겠다. 남편이 중국을 왜 사랑하는지.

중국 여행 중에 어느 가게든 남편과 같이 들어서면 나에게 먼저 말을 걸었다. 그들 눈에 나는 중국 여자로 보일테니까. 내가 영어로 말하면 기분 나쁜 듯 쳐다보고 계속 중국어로 얘기했다. 그때까지 말 없이 상황을 즐기던(?) 남편이 중국어로 끼어들었다. 반전이었다. 가게 안 사람들이 반색하며 우리 주위로 모여들었다. 남편의 유창한 중국어에 홀린 사람들은 물건값도 후려쳐주고 심지어 머리도 공짜로 잘라줬다. 하긴 말 못 하는 '중국 여자'와 말 잘하는 서양인의 조합이 흔한 건 아니니까.

중국 말고 남편이 사랑하는 것이 또 있다. 책이다. 남편이 사랑하는 두 가지, 중국과 책이 만나니 우리 집 책장은 온통 중국 관련 책으로 빽빽하다. 책장의 8할은 남편 책이고 그중의 5할은 중국에 관한 책이다. 중국의 역사, 문화, 정치, 경제, 소설 등 분야를 가리지 않고 꽂혀있다. 심지어 중국어로 된 그림책까지 있다. 성경도 중국어로 읽는다. 우리 집에 뒹굴어 다니는 폐지 뒷면에는 남편이 공부하며 끄적거린 한자가 빼곡하게 적혀있다. 이쯤 되면 궁금해진다. 남편은 왜 한국 여자랑 결혼했을까?

남편은 내가 중국인에 대해 '시끄럽다', '막무가내다'라고 말하는 것을 싫어한다. 지극히 겉모습만 본다는 것이다. 중국 사람과 그들의 말로 대화하면 다른 모습이 보인단다. 정이 많고 속이 깊단다. 언어를 모르면 문화와 사고를 이해하는 데 한계가 있다는 얘기다. 그래, 맞다. 중국을 독일로 바꾸면 다 이해되는 말이다. 이제 남편이 한 말을 되돌려주고 싶다.

'한국 사람도 정이 많아. 속도 엄청 깊어. 그러니까 한국어 공부 좀 하시죠, 오 서방님?'

기억에 남는 중국 여행

요즘 도나우(Donau) 동네는 터져 나오는 봄꽃들로 알록달록하다. 서재 창가 너머로 보이는 하얀 자작나무 줄기에는 머리를 땋아놓은 듯한 연한 꽃들이 길게 매달려 있다. 눈길이 머무는 봄 풍경이지만 나는 오싹한다. 자작나무 꽃가루 알레르기 때문이다. 봄볕이 좋아 잠시 외출이라도 하면 눈이 따끔거리고 목 안이 붓는다. 눈 주위가 벌게지고 불편해지는 이맘때가 되면, 나는 그해의 중국 여행을 떠올린다.

2007년 3월 초 남편과 함께 상하이(上海)와 핑야오(平遙)를 여행했다. 핑야오는 명·청나라 때 금융 중심지였다. 베이징(北京)에서 비행기를 타고 타이위안(太原)에 도착해 하룻밤을 묵었다. 다음날 관광차로 핑야오로 떠날 예정이었다. 비록 하룻밤 거쳐 가는 도시지만 잠시 둘러보려고 호텔을 나서니 안개가 낀 듯 뿌옇고 사위는 어둑했다. 길을 나선 지 얼마 되지 않아 눈이 따끔거리기 시작했다. 급기야 자작나무 꽃가루를 눈에 뿌린 듯 통증이 거세졌다. 처음에는 꽃가루 알레르기 때문이라고 생각했는데, 목 안이 멀쩡하고 재채기도 하지 않았다. 우리의 눈물을 쏟게 만든 것은 석탄 연기였다. 석탄으로 난방을 하는 탓에 안개 낀 듯 시야가 뿌옇고 숨쉬기가 힘들었다. 남편과 앞서거니 뒤서거니 호텔로 줄행랑을 쳤다. 거울에 비친, 눈가가 벌겋

게 부어오른 우리는 한 쌍의 판다였다.

다음날 핑야오에 오후 늦게 도착했다. 중국 대도시를 벗어나면 영어는 무용지물이다. 남편의 갈고닦은 중국어가 빛을 발하는 순간이다. 그들이 중국인이라 생각했을 나는 입도 뻥긋 못하고, 옆에 있는 서양 남자가 자신들의 말을 이해하니 난리도 그런 난리가 없다. 옆집 앞집 가게 주인들과 손님들까지 다 와서 한마디씩 거든다. 나 빼고 모두 신났다.

3월 초라 아직 추운 탓에 핑야오에는 관광객이 거의 없었다. 도시는 관리되지 않아 오히려 옛 모습을 엿볼 수 있었다. 도시가 통째로 유네스코 세계유산인 핑야오는 발길 닿는 대로 들어서는 골목들이 박물관 그 자체다. 오래된 골목길을 어슬렁거리다 봄볕이 잘 드는 야외 음식점에서 마파두부를 시켰다. 붉은 손등이 쩍쩍 갈라진 여자아이가 수줍게 가져다 놓은 마파두부는 기막히게 맛있었다. 엄지척!

사실 마파두부를 주문하면서 조마조마했었다. 전날 남편과 내가 식은땀 나는 일을 겪었기 때문이다. 남편이 예약한 온돌방 있는 민박집은 핑야오 시내 한복판에 있었다. 고성 핑야오와 잘 어울리는 민박집에서 이른 저녁을 먹고 서둘러 시내 구경을 나섰다. 들떠 돌아다닌 지 얼마 되지 않아 배가 요동치기 시작했다. 안 되겠다 싶어 숙소로 돌아가자고 하니 남편이 격하게 동의했다. 둘 다 저녁 먹은 것이 탈이 났던 모양이었다. 남편과 앞서거니 뒤서거니 민박집으로 내달렸다.

'흠, 이거 어디서 봤더라...'

타이위안에서 판다 눈을 하고 호텔로 줄행랑을 치던 우리들의 모습이 떠올랐다.

또 탈이 날까 하는 걱정은 기우였다. 검정콩으로 만든 매콤한 마파두부의 힘으로 견고한 성벽에 오르고, 14세기에 사용됐던 동전과 어음이 전시된 옛 은행 터도 구경했으니 말이다.

핑야오를 떠나 상하이에 오니 근대에서 현대로, 시골에서 서울로 온 느낌이었다. 일단 크루아상과 커피로 도시 문명을 즐긴 후 배를 타러 나섰다. 저녁 7시부터 운행하는 바람에 시간이 많이 남았다. 우리는 인근에 있는 한 식당으로 들어갔다. 음식을 직접 골라 담을 수 있는 곳이었다. 올망졸망 예쁜 딤섬들을 접시에 담아 자리로 돌아오다가 묘한 광경을 목격했다. 행색이 추레한 남자가 종업원들 몰래 빈 봉투를 훔치고 있었다. 이리저리 주위를 살피더니 손님들이 남기고 간 음식을 훔친 봉투에 잽싸게 쓸어 담았다. 이를 본 종업원이 달려와 식탁을 정리했다. 종업원들이 소리 내서 쫓아내지는 않았지만, 음식을 주워 담지 못하게 하려는 의도는 느껴졌다. 그들에게는 익숙한 일인 듯했다.

뒤늦게 한 접시 가득 채워 자리로 돌아온 남편에게 내가 본 것을 들려줬다. 남자는 종업원들 눈치 때문에 밖에서 기다리다 손님들이 나오면 후다닥 들어와 남긴 음식을 쓸어 담았다. 남자가 다시 식당 안으로 들어왔지만, 이번엔 종업원이 빨랐다. 식탁은 눈 깜짝할 사이 치워졌다. 이를 본 남편이 남자에게로 가서 말을 걸었다. 둘이 잠시 대화를 나누더니 남자는 다시 밖으로 나가고 남편은 되돌아왔다.

"왜 그냥 와? 저녁 사주려고 일어난 거 아니었어?"

"친구가 밖에 있대. 데리고 온대."

그렇지, 친구라면 이래야지! 남자가 또 다른 남자와 함께 식당 안으로 들어서자 남편이 그들에게 다가갔다. 두 남자가 음식 고르는 것을 옆에서 기다린 후 계산을 마친 남편이 자리로 돌아왔다. 우리는 그제야 식어버린 음식을 먹었다. 좀 떨어진 식탁에서 두 남자도 종업원들 눈치 보지 않고 편한 식사를 했다.

밥을 먹고 음식점을 나와 서너 걸음을 옮기는데 누군가 우리를 다급히 불러 세웠다. 그 남자였다. 꽤 많은 말을 한 후 예를 갖춰 포권 인사를 하고는 다시 음식점으로 들어갔다.

"뭐래?"

"며칠 전에 가족과 함께 일자리 구하러 상하이에 왔대. 굶고 있는 아내와 아이들에게 가져다주려고 거기서 음식을 담고 있었대. 고맙대. 평생 안 잊겠대."

까짓 식은 밥 좀 먹으면 어때, 마음이 배부른데. 일자리도 구하고 크게 성공해서 우리가 베푼 밥 한 끼가 남자를 통해 다른 이들에게 흘러가길 바랐다.

이후로 중국을 몇 번 더 다녀왔지만, 2007년 봄 여행이 오래 기억에 남는다. 남편과 두 번이나 앞서거니 뒤서거니 줄행랑을 치고 포권 인사를 건네던 남자를 만났던 그해의 여행이, 창문 너머 날리는 자작나무 꽃가루에 묻어 소환되는 나른한 봄날이다.

그 아이, 정아

드디어 밤을 꼴딱 새우고 봤다. 드라마 〈동백꽃 필 무렵〉을. 그리고 그 아이, 정아를 기억해냈다.

〈동백꽃 필 무렵〉은 오래전 언니가 꼭 보라던, 생각할 거리가 많고 재밌다며 추천했던 드라마였다. 하지만 보지 않았다. 한번 시작하면 중간에 끊지 못하고 밤새고 볼 테고, 출근해서도 다음 내용이 궁금해 일이 손에 잡히지 않을테니까. 주중에는 회사 일로, 주말에는 밀어뒀던 집안일 하느라 〈동백꽃 필 무렵〉은 내게서 금세 잊혔다.

자발적 은퇴가 시작된 올해 초부터 더 이상 회사에 매이는 시간은 없지만 '드라마나 보고' 있기는 싫었다. 그러다 얼마 전에 허리 디스크가 터져 남편이 병원에 입원했다. 혼자 있는 집에 사람 목소리가 필요했다. 불현듯, 문득, 느닷없이 〈동백꽃 필 무렵〉이 생각났다.

드라마를 보는 내내 나는 초등학교 때 우리 반 아이, 정아-이름이 정화일 수도 있겠다-를 생각했다. 정아는 '고아원 아이'였다. 내가 다니던 초등학교 근처에 보육원이 있었다. 우리 반에도 그 보육원에서 오는 여자아이가 둘이나 있었다. 싹둑 자른 앞머리에 숱 많은 단발머리를 한 정아는 그중 한 명이었다. 정아는 드라마 초반의 동백이처럼 고개를 숙이거나 시선을 비켜 말을 했다. 들릴 듯 말 듯 한 목소리로 고개를 숙이고 몸을 꼬며 말하던 정아가 드라마 속 동백과 겹쳤다.

많은 시간이 흘렀는데도 정아를 기억하는 건 엄마가 싸준 정아의 점심 도시락 때문이다. 학년 초 조회 시간에 담임이 물었다. 누가 두 아이의 점심 도시락을 싸올 수 있는지. 배려라고는 병아리 눈곱만큼도 없던 담임에게, 그 말을 듣고 앉아있던 두 아이의 마음 따위는 전혀 중요하지 않았을 것이다. 급식도 없던 때였다. 아마도 보육원에서 점심 도시락을 챙겨 보내지 않는 듯했다.

빠듯한 살림에도 엄마가 정아의 도시락을 싸주겠다고 나섰다. 자식 넷과 정아의 도시락을 싸느라 엄마의 아침은 분주했다. 나는 일 년 동안 정아의 도시락과 내 것을 양손에 들고 학교에 오갔다. 아침에 내가 정아의 책상 옆에 도시락 가방을 놓아두면, 정아는 점심시간이 끝나갈 무렵 빈 도시락이 담긴 가방을 내 신주머니 걸이에 슬며시 걸어두었다. "맛있게 먹었어?" "응, 고마워." 같은 생기발랄한 멘트는 피차 없었다. 빈 도시락 가방을 돌려줄 때 정아는 무척이나 수줍어했다. 말을 걸기가 나 역시 어려웠다.

정아와 나는 '아는 사이'였다. 내가 멀리해서가 아니라, 정아는 보육원 아이들하고만 지냈다. 소풍 때 엄마는 같이 먹으라며 김밥을 싸주셨지만, 정아는 내가 내미는 김밥과 과자를 받고 사라져 버렸다. 자식이 많아서 그랬는지 엄마가 내 소풍에 따라온 기억은 없다. 정아처럼 나 역시 소풍 때 엄마 없이 밥을 먹어야 했지만, 그저 아는 사이였던 우리는 각자의 친구들과 시간을 보냈다. 내 기억으로, 반 아이들이 정아를 왕따 시키지는 않았다. 보육원 아이라고 막 대하지도 않았다. 그저 물과 기름처럼 섞이지 못했다. 학년이 바뀌고 정아와는 다른 반이 되었다. 나는 더 이상 정아의 도시락 심부름을 하지 않았다. 그리고 정아라는 아이도 내 머리에서 곧 지워져 버렸다.

오랜 세월 잊고 있던 어린 정아를 드라마 〈동백꽃 필 무렵〉을 보며 다시 만났다. 동백을 보며 정아는 수줍은 아이가 아니었음을 알았다. 그것은 수줍음이 아니라 그늘진 쭈볏거림이었다. 비스듬히 비껴난 시선은 편견의 무게를 감당하지 못해서였다.

동백의 다른 이름인 정아는 편견과 차별의 세상에서 어떻게 커갔을까? 부디, "정아 씨, 니 잘났어요. 나 너를 믿어요."라고 칭찬하며 응원하는 '황용식'을 만나 기적 같은 이번 생을 살고 있길 진심으로 소망해본다.

달력의 용도

나는 머리가 복잡하면 달력 한 장을 뜯어낸다. 달력은 크면 클수록 좋다. 뒤죽박죽 엉켜있는 생각을 단어 혹은 단문으로 텅 빈 달력 뒷면에 하나씩 끄집어낸다. 깊이 생각하지 않고 떠오르는 대로 적는다. 색연필, 사인펜, 북 마커가 총동원된다. 머릿속에서 꺼낸 순서가 아닌, 같이 묶을 수 있는 덩어리로 적다 보면 하얀 달력 위에는 자석에 붙은 쇳가루 모양들이 생겨난다. 이렇게 내 생각을 형체로 마주한다. 분류화 작업의 어려움은 포스트잇으로 보완한다. 작업이 끝나면 벽에 붙여놓고 나와 소통한다. 생각 묶음을 하나씩 들여다보며, 하지 말 것들을 솎아내고 해야 할 일에 집중한다.

회사에서는 마인드맵(Mindmap)을 사용했지만, 내 머릿속을 쏟아놓는 데는 달력을 이용한 아날로그 방식을 선호한다. 텅 빈 백지가 주는 설렘과 안온함 때문이다. 무엇보다도 재밌다.

달력 뒷면에 끄적거리는 것은 고등학교 3학년 때부터 해오던 일이다. 나는 고3 때 밤새워 공부한 기억이 없다. '4시간 자면 붙고, 5시간 자면 떨어진다.'는 4당 5락과는 거리가 먼 입시 공부를 했다. 나는 잠을 줄여가며 공부하지 않았다. 학원 수업도 과외 역시 받지 않았다. 내가 택한 공부 방식은 간단했다. 수업이 끝나면 쉬는 시간에 배운 내용을 빠르게 되새겼다. 쉬는 시간 10분은, 금방 배운 내용

복습하고 군것질하거나 도시락을 흡입한 후 화장실까지 다녀오는 것을 가능케 했다! 점심시간에는 책상에 엎드려 잠을 잤다. 그러면 오후 수업에 잠과 사투를 벌이지 않아도 됐다. 자율학습 때 또는 집에 돌아와서는 그날 배운 내용을 복습한 후 책과 노트를 덮고 A4 종이에 공부한 내용을 옮겨 적었다. 그리고 2주에 한 번꼴로 머릿속에 넣어둔 내용을 A4보다 더 큰 종이, 바로 달력 뒷면에 쏟아냈다. 기억이 가물거리는 부분만 다시 복습하는 식이었다. 이 학습법은 내게 잘 맞았다. 굳이 밤늦게까지 공부할 필요가 없었다. 지금도 나는 대학 합격의 8할은 달력 덕분이라고 생각한다.

달력과의 인연은 더 오래됐다. 지금은 집에 군이 달력이 필요하지 않지만, 옛날에는 집마다 흔했다. 어릴 적 아버지는 철 지난 달력으로 자식들의 책을 일일이 싸주셨다. 하루의 노동을 마친 아버지가 번들거리는 하얀 달력 뒷면으로 새 학기 교과서를 싸주시던 모습을 나는 또렷이 기억한다. 그 기억 속에는 초등학생인 어린 내가 책 싸는 아버지 옆에 앉아있다. 아이는 아버지가 사각사각 가위질하며 스카치테이프 없이 노련한 솜씨로 책 귀퉁이를 마무리하는 모습을 기대에 부풀어 지켜본다. 인간 극장의 한 장면 같다.

달력으로 교과서 겉장을 싸는 일은 어린 내게 새 학기의 시작을 의미했다. 고3 때의 달력은 아무도 가르쳐 주지 않은 '기적의 암기법'을 가능케 했다. 어른이 되어서는 뒤엉켜있던 생각 타래를 청실홍실로 풀어 무늬도 곱게 엮는 데 쓰이고 있다. 이쯤 되면 달력의 진짜 용도가 뭔지 헷갈릴 지경이다.

나는 쇼핑이 싫다

나는 쇼핑이 싫다. 예전에도 그랬고 지금도 그러하니, 쭈욱 그럴듯하다. 뭘 살지도 모르면서 이 가게 저 가게 기웃거리는 것이 내게는 꽤 피곤한 일이다. 계절이 바뀌면 무슨 옷이 필요한지 파악해서 구매 목록을 작성한다. 목록 작성이 끝나면 아주 큰맘 먹고 주말에 쇼핑하러 나간다. 가장 짧은 동선으로 이동하면서 구매 목록을 지워나간다. 한 가게에서 다 살 수 있으면 횡재한 날이다. 쇼핑은 내게 재미가 아니라 일이다. 그것도 어지간히 하기 싫은 일이다.

나 역시 충동구매를 할 때가 있다. 예를 들어, 바지 한 벌 사려고 갔는데 아주 맘에 들면 다른 색상으로 두어 벌 더 산다. 같은 모양인데 색깔만 다르게. 이러면 다음 해까지 바지 살 일이 없다. 편리함 외에 내가 충동구매를 하는 일은 (거의) 없다. 그냥, 갑자기, 홀린 듯 뭔가를 사고 싶은 마음 자체가 생기질 않는다. 충동구매 미끼용인 '지금 사면 30% 절약하는 겁니다.'라는 문구는 '안 사면 100% 절약입니다.'라고 들린다.

내게는 옷을 멋지게 입는 언니와 예쁘게 입는 막냇동생이 있다. 언니는 빈티지 스타일이다. 언니의 패션 취향은 내게 꽤 난해하다. 막냇동생은 영국풍 꽃무늬 옷을 즐겨 입는다. 꽃무늬 좋아하는 건 엄마 닮았다. 나는 바지 입혀놓은 마네킹 스타일이다. 뭘 사야 할지 모르겠으면 마네킹에 입혀 놓은 옷을 사라고 언니가 귀띔해준 덕분이다. 깔맞춤하러 굳이 이것저것 입어볼 필요 없는 최고의 조언이다.

한국에 가면 간지나게 입는 언니와 예쁘게 입는 막냇동생이 나의 마네킹 스타일에 딴죽을 건다. 옷 사는 것을 봐주겠다며 불러내서 백화점 안의 옷 가게는 모조리 돌아다닌다. 내게 이것저것 입혀보지만 나는 귀찮다. 호응 없는 나를 타박하던 둘은 어느새 찰떡궁합이 되어 매장 파티션을 번갈아 들락거린다. 나는 슬그머니 빠져나와 푸드 코너에서 그간 못 먹었던 맛난 것들을 먹으며 오랫동안 두 여자를 기다린다.

사실 평일 낮의 쇼핑은 나의 오랜 로망 중 하나였다. 남들 일하는 볕 좋은 오전에 구매 목록 따위 없이 발길 닿는 대로 여유롭게 쇼핑이라는 것을 하고 싶었다. 자발적 은퇴로 드디어 오래된 로망을 실현할 기회가 생겼다. 도나우(Donau) 동네로 이사한 후 어느 평일 오전에 산뜻하게 차려입고 집을 나서며 재택근무 중인 남편에게 말했다.

"나 오늘 쇼핑하러 나가. 엄청 많이 살 거고 늦게 올 거야."

안 하던 짓에 남편이 반색하며 응원해줬다.

"잘 생각했어. 맛있는 거 먹고 즐거운 쇼핑하고 와."

봄 햇살에 반짝이는 도나우강을 따라 자전거를 타고 시내로 들어섰다. 느린 시선으로 여유롭게 두어 개 옷가게를 들르고 나오니 내 손에는 마네킹에 입혀놓은 블라우스와 니트가 담긴 쇼핑백이 들려있었다. 이럴 거면서 매장은 왜 둘러봤을까...

손에 들고 다니는 것을 꺼려하는 나는 새 옷들을 배낭에 욱여넣었다. 호기롭게 떠났던 쇼핑 사냥이 슬슬 지겨워지기 시작했다. 시계를 보니 점심 먹으려면 아직도 멀었다. 가져온 캐논 DSLR 카메라를 꺼내 알록달록한 시내를 찍었다. 얼마의 시간이 흐른 걸까. 시내 한복판에 있는 첨탑에서 12를 알리는 종소리가 퍼져나갔다. 점심 먹을 시간이다. 맛집이라는 그리스 식당에서 밥을 먹고 나오니 1시가 조금 지나있었다. 오늘 쇼핑은 여기까지.

나는 시내의 한 베이커리에서 남편과 먹을 케이크를 사서 집으로 향했다. 양손 가득한 쇼핑백과 늦은 귀가를 생각했던 남편은 달랑 케이크만 들고 서 있는 내 모습에 헛웃음을 날렸다.

그날 나는 분명히 깨달았다. 내가 시간이 없어서 쇼핑을 못 했던 것이 아니라 안 했다는 것을. 원래 나는 쇼핑을 싫어한다는 것을.

일기보다 가계부

꽃보다 남자, 일기보다 가계부다. 일기는 드문드문 쓰지만 가계부는 신혼 초부터 매일 쓰고 있다. 가계부는 아날로그와 디지털, 두 가지 방식으로 작성한다. 한 해가 시작되기 전에 내가 직접 만든 열두 달 치 가계부를 출력해놓는다. 수입과 지출이 생길 때마다 종이 가계부에 빠짐없이 기록한다. 매달 마지막 날에는 종이 가계부에 쓴 한 달 치 내용을 엑셀로 만든 디지털 가계부에 옮겨 쓴다. 가계부의 전산화는 통계를 위해서다. 열두 칸이 빼곡히 채워지는 연말에는 일 년 수입과 지출을 항목별로 한눈에 볼 수 있다.

내가 24년째 가계부를 쓰는 이유는 이렇다.

첫째, 저축을 체계화할 수 있다. 한 달 생활비를 예측할 수 있어서, 저축 먼저 하고 나머지 돈으로 생활하는 것을 가능케 한다. 매월 1일, 나는 수입에서 한 달 생활비만 입출금 통장에 남겨놓고 나머지는 저축통장으로 이체한다. 입출금 통장에 있는 돈은 휘발성이 강하다. 입출금 통장에서 쓰고 남는 돈으로 저축할 수 있는 돈이란 없다.

둘째, 자산의 규모를 파악하고 장단기 계획을 세울 수 있다.

셋째, 할부 구매를 막는다. 할부 구매는 자산 증식의 적이다. 남편과 나는 우유 한 통을 사든 자동차를 구입하든 현금으로만 계산한다. 3개월 할부 대신 3개월 저축한 후에 현금으로 산다.

넷째, 돈 세는 구멍을 안다. 적은 액수의 지출이라도 기록해 두면 돈 세는 구멍이 보인다. 돈은 큰돈에서 세는 것이 아니다. 액수가 적으면 필요와 상관없이 지출할 가능성이 높다. 거기가 구멍이다.

다섯째, 패턴에서 벗어난 지출을 잡아낼 수 있다. 오랫동안 가계부를 쓰다 보니 지출의 패턴과 규모를 알 수 있다. 패턴에서 벗어난 지출은 금방 눈에 띈다. 과도한 지출이 일회적이었는지, 투자가 아닌 소모적이었는지에 대한 분석이 가능하다.

여섯째, 부부를 하나의 경제팀으로 성장시킨다. 가계부를 쓰며 남편과 함께 돈 관리를 한다. 같이 돈 공부하고 정보를 나누는 남편과 나는 최고의 경제팀이다.

언젠가 '묻지 마 용돈'을 도입한 적이 있었다. 나만의 돈을 갖고 싶었다. 그러기 위해 너만의 돈도 쥐여주며 서로 묻지 않기로 했다. 이 항목은 몇 개월 지나 흐지부지 없어져 버렸다. 남편도 나도 묻지 마 용돈을 쓸 데가 없더라는...

자발적 은퇴를 한 지 반년이 되어간다. 신혼 초부터 써온 가계부 덕분에 은퇴 후 생활비와 노후 자산을 정교하게 계산해 볼 수 있었다. 가계부를 쓰며 자산관리 훈련을 해온 터라 은퇴 후 살림을 꾸리는 데 별 어려움은 없다.

가계부는 남편과 내가 함께 걸어온 삶의 기록이다. 공동의 추억을 소환하기도 하며 미래의 삶을 준비할 수 있게 한다. 나는 닥치는 삶이 아니라 스스로 결정하는 삶을 살고 싶다. 그래서 오늘도 가계부를 쓴다.

찬란한 유산

24년째 쓰는 가계부는 우리 집 살림의 빅데이터다. 이 빅데이터로 여러 가지 통계를 낼 수 있다. 성경에 "물질이 있는 곳에 네 마음도 있다."라고 한다. 지난 세월의 지출을 보면 남편과 나의 마음이 어디에 가 있었는지 알 수 있다. 주택구입 같은 일회적인 지출과 투자용 저축을 제외하고, 23년간 꾸준히 지출된 항목 중에서 순위를 매겨봤다. 2022년 올해의 지출 비용은 포함하지 않았다.

1위는 주(住)다. 집 없이 산 세월도 있고 내 집에서 산 날도 있다. 월세든 관리비든 독일에서 집과 관련된 비용이 높다. 놀랍지 않은 결과다.

2위는 선교 및 구제다. 복음을 전하는 일과 곤경에 빠진 사람들을 위해 내어 준 돈이 입는 데(衣) 쓴 것보다 4배가 많고 먹는 데(食) 지출한 돈보다 2배가 많다. 1위와 단지 0.8% 차이가 난다.

3위는 나눔 및 선물이다.

정리하면 1위는 우리를 위해서, 2위와 3위는 남을 위해 지출한 돈이다. 남을 위해 쓴 2, 3위를 합하면 1위인 거주 비용을 훌쩍 넘어선다. 뿌듯하고 감사하다. 지난 세월 남편과 나의 마음은 어려운 처지에 놓인 사람들을 모르는 체하지 않았다. 숫자가 말해준다. 거기에 우리 마음이 있었다고.

나의 욱하는 기질은 아버지를 닮았다. 저축 먼저 하고 나머지 돈으로 사는 법은 엄마한테 배웠다. 남의 어려움을 돌아볼 수 있는 마음은 아버지와 엄마에게서 물려받았음이 틀림없다.

나는 부모님의 선한 삶을 안다. 엄마는 내가 초등학교 다닐 때 빠듯한 살림에 4남매를 키우면서도 나의 동급생인 정아의 도시락을 일년 내내 싸주셨다. 중학교에 다닐 때는 점심 시간에 방 하나를 길거리에서 장사하는 분들께 내어주셨다. 당시 우리는 시장 입구에 있는 상가 딸린 집에서 살았다. 토요일에 오전 수업만 하고 돌아오면 상가 쪽으로 난 방에서 낯선 아줌마들이 점심을 먹고 있었다. 시장 입구에 보자기를 깔고 물건을 팔던 분들이었다. 부모님은 온종일 추위에 떠는 아줌마들이 돌덩이같이 딱딱하게 굳은 도시락을 길바닥에서 먹는 것이 안쓰러워 방을 내주셨다. 따뜻한 방에서 밥이라도 편히 드시라며.

얼마 전 통화 중에 아버지가 유산 이야기를 꺼내셨다. 자식들에게 다 주지 않겠다고 하신다. 당신 재산의 일부는 배고프고 의지할 데 없는 아이들을 위해 쓰라신다. 일곱 살 어린 나이에 아버지를 잃고 객지에서 떠돌며 배곯았던 때를 잊지 못하신다. 주린 배를 채우려고 어려서부터 안 해본 일이 없다는 내 아버지는 남의 곤경에 마음을 보태고 손을 내밀었다.

자식들에게 받는 용돈에서 엄마는 교회에 헌금을 하시고 아버지는 다섯 명의 동남아 아이들을 후원하신다. 15년째 다섯 아이의 생명을 살린다고 흐뭇해하신다. 후원하는 아이들에게서 받는 편지와 정기 간

행물을 차곡차곡 모으신다. 당신의 성경책과 함께 자식들에게 유산으로 남기시겠다면서. 절약과 구제 그리고 신앙, 내 부모님의 찬란한 유산이다.

걸려 넘어져라!

독일의 한적한 마을이든, 복잡한 시내든 걷다 보면 길바닥에 10cm 크기의 정사각형 황동판이 박혀 있는 것을 종종 볼 수 있다. 그 안에는 이름과 태어나고 죽은 날짜가 새겨져 있다. 사망 날짜는 독일 나치 정권이 집권하던 1933년에서 1945년 사이다. Stolpersteine(걸림돌), "걸려 넘어지는 돌"이라는 뜻을 지닌 황동판은 나치 정권의 희생자들을 기리기 위해 그들이 살았던 집이나 일터 앞 길바닥에 박혀있다.

아래 여섯 개의 걸림돌들을 들여다보니 모두 성이 같다. 가족인 듯하다. 맨 오른쪽에는 이렇게 쓰여있다.

1906년에 태어나 1942년 아우슈비츠(Auschwitz)로 끌려가서 살해당한 율리우스 함부르거(Julius Hamburger)가 여기 살았다.

고개를 떨구고 걷다가 무심코 이런 황동판과 맞닥뜨리면 말 그대

로 마음이 걸려 넘어져 쉽게 자리를 뜰 수가 없다. 눈을 들어 걸림돌
의 주인공이 살았거나 일했을 건물을 훑어본다. 다시는 돌아오지 못
한 그들의 터전에는 걸림돌이 주인의 혼백처럼 박혀 있다.

전에 살았던 '개똥 동네' 근처에는 나치 정권 때 게슈타포
(Gestapo, 나치 비밀경찰)가 사용했던 건물인 슈타인바헤
(Steinwache)가 보존되어 있다. 1970~80년대 민주화 운동을 하던
사람들을 불법 감금하고 고문했던 대한민국의 '남영동 대공분실' 같
은 곳이다. 게슈타포는 도르트문트(Dortmund)시에 살았던 남자 유
대인들과 정권에 비판적인 인물들을 슈타인바헤에 가두고 고문한 뒤
강제수용소로 보냈다.

슈타인바헤 입구 앞뜰에도 몇 개의 걸림돌이 박혀있다. 희생자들
의 이름, 체포된 날짜, 그리고 사망 날짜가 적혀있다. 이 중 한 걸림
돌을 보고 경악했다. 패전을 불과 넉 달 앞두고 한 달도 못 돼 즉결
처형이라니!

1889년생 아우구스트 드레케
(August Dreke)가 1945년
게슈타포에 체포되어, 그해 1월
23일 슈타인바헤에서
살해되었다.

언젠가 뮌헨(München) 근처에 있는 나치 정권의 다하우(Dachau) 강제 수용소에 간 적이 있었다. 주차장에는 여러 대의 대형 버스에서 내리는 학생들로 꽤 어수선했다. 왁자지껄 떠드는 아이들 틈에 끼여 만행의 입구로 들어섰다. 시간이 지남에 따라 아이들의 떠드는 소리가 잦아들었다. 외진 곳에 원형 그대로 보존된, 시체를 태우던 화덕을 보고 나온 아이들은 더 이상 말 한마디 하지 않았다. 소풍 나온 것처럼 들떠 있던 아이들이 초상집 다녀온 얼굴을 하고 있었다. 그들의 선조들이 무슨 짓을 했는지 똑똑히 보았으리라.

독일은 이 수치스럽고 잔혹한 역사를 숨기지 않는다. 학교에서 전세 버스 내서 참혹한 역사의 현장으로 아이들을 데려온다. 동화 속 마을 한복판에는 누런 걸림돌을 박아놓는다. 걸려 넘어지라고. 그리고 이 비극의 역사를 기억해 다시는 되풀이하지 말라고.

여전히 낯설다

　오랜 세월 독일에서 살고 있어도 도저히 적응 안 되는 몇 가지가 있다. 그중 하나가 사우나다. 독일의 남녀혼탕 사우나에 대한 경험담을 적은 글들이 적잖지만, 내 경험은 최소 이불 킥 30년짜리다.

　신혼 초에 살았던 마을의 옆 동네에는 야외 온천탕과 사우나를 갖춘 온천이 있었다. 눈 내리던 겨울에 남편과 함께 처음 그 온천에 갔다. 송이송이 눈 떨어지는 야외 온천만 즐기면 좋았을걸... 뜨겁고 건조한 공기로 땀을 뺀 후 야외에 설치된 얼음통에 몸을 담그면 환상적이라는 남편의 꼬드김에, 다 안 벗고 타월로 가리면 된다는 말에 나는 사우나를 해보기로 했다. 게다가 나는 고도 근시라서 안경 없이는 보이는 게 없다.

　사우나 전용공간으로 들어서는 순간 나는 식겁했다. 입구에서부터 독일식 뽕짝 가락이 요란하게 울려 퍼졌다. 오색찬란한 만국기가 휘날리며 알록달록한 풍선들로 장식한 바에서는 70+ 시니어들이 홀딱 벗은 채로 칵테일을 들고 춤을 추고 있었다. 여긴 어디? 나는 왜 여기에? 그날이 무슨 날이라 온천에서 이벤트를 연 거란다. 후딱 안경을 벗고 야외 사우나실로 내달렸다.

　다행히 다들 파티에 여념이 없어, 3층 목조 계단으로 지어진 대형 사우나실에는 아무도 없었다. 맨 꼭대기에 앉아 은은히 퍼지는 편백

향을 맡으며 놀란 가슴을 진정시키고 있을 즈음, 사람들이 몰려들기 시작했다. 두어 시간에 한 번씩 온천 직원이 들어와서 달궈진 불판에 물을 뿌려 습하고 뜨거운 증기를 분산시켜주는데, 그 특별 서비스를 받으려고 파티하다 말고 몰려온 것이었다.

족히 스무 명이 넘는 벌거벗은 사람들이 전깃줄에 앉은 참새떼처럼 촘촘히 자리를 잡자 내 머릿속에는 '탈출' 알람이 울렸다. 몸에 둘렀던 타월을 바짝 움켜쥐고 계단을 내려갔다. 아뿔싸, 안경 없이 허둥대다 마지막 계단을 보지 못한 채 나는 바닥에 그대로 철퍼덕 엎어져 버렸다. 빛의 속도로 뛰어 내려온 남편의 부축을 받아 밖으로 나오자 사람들이 내 주위로 몰려들기 시작했다. 으깨져 피가 나고 부어오른 무릎을 보며, 불판 위로 떨어지지 않아서 다행이라는 둥 저마다 한마디씩 했다. '제발 좀 저리 가주세요!'라고 외칠 수도 없고, 말할 수 없는 창피함과 나를 에워싼 벌거벗은 사람들 때문에 나는 환장하기 일보 직전이었다.

'내가 사우나에 다시 오면 오 씨로 성을 간다!'

나의 사우나 악몽을 되살린 사람은 우리 동네 아이스크림 가게 아줌마였다. 한겨울에 겪은 창피함과 민망함이 잦아든 그해 여름에 남편과 시내에서 아이스크림을 사 먹었다. 진열대에서 아이스크림을 골라 계산을 마치자 가게 아줌마가 물었다.

"무릎은 어때요?"

"네?"

"올 초에 온천에서 무릎 다쳤잖아요. 지금은 다 나았어요?"

116

"!!"

그날 거기에 나를 둘러싼 벌거벗은 사람들 중에 이 아줌마가 있었나 보다. 안경 없이 뵈는 게 없던 나는 아무도 기억하지 못하는데, 이 아줌마는 나를 알아봤다. 아줌마의 살가운 인사를 마지막으로 나는 그 아이스크림 가게에 다시는 가지 않았다.

나의 온천 경험담은 여기서 끝나야 했다. 사우나 사건 후로 세월이 많이 지난 어느 해 가을, 온천이 유명한 곳으로 휴가를 떠났다. 오후 늦게 들어간 온천에서 남편은 사우나를 하러 갔고 나는 야외 온천탕에서 혼자 놀고 있었다. 젖은 낙엽들이 풍기는 가을 향을 즐기며 온천욕을 하고 있는데 물속에 있던 사람들이 하나둘씩 수영복을 벗어 난간으로 던지기 시작했다.

'뭐, 뭐야! 왜 벗는 건데! 또 파티하려는 거야?'

경악했지만 두 번째 겪는 일이고, 그사이 나는 새댁에서 담력이 조금 세진 아줌마가 되었다. 게다가 안경 없이는 보이지도 않으니 무시하고 계속 온천욕을 하기로 했다. 그때 내 머리 위로 목소리가 들려왔다.

"수영복 벗으세요!"

물속에서 올려다보니 짧은 티셔츠에 반바지를 입은 온천 직원이 서 있었다.

"여기는 수영복을 입어야 하는 야외 온천탕인데 왜 옷을 벗어야 하죠?"

"오늘 오후 6시부터 나체 온천욕입니다. 입구에 공지해놨는데 못

117

보셨나요? 선택은 두 가지입니다. 벗거나 나가시거나."

'아하, 그래서 6시가 되자마자 물속에 있던 사람들이 수영복을 벗어 던졌던 거구나!'

홀딱 벗은 사람들이 나의 결정을 숨죽여 지켜보고 있는 가운데 나는 수영복 따위 홀러덩 벗어서 던져버리...지 못하고 야외 온천탕을 떠났다. 아니 쫓겨났다.

나체로 혼성 사우나 하는 것에 기겁하는 독일 여자들도 있다. 다만 자기 몸을 보이고 싶지 않을 뿐이지 타인의 온천 스타일에 딴죽 걸 마음은 없는 듯하다. 사우나에 별 반감이 없는 남편은 음습한 의도로 사우나 하는 사람은 없을 것이라 한다. 건강에 좋고 몸 개운해지는 이 좋은 것을 안 할 이유가 없단다. 담백한 남편의 설명에 오히려 내가 뻘쭘해진다. 그런데도 나는 혼성의 나체가 허락되는 공간에서 스스럼없이 옷을 벗는 문화가 여전히 낯설다.

지도자의 중요성

나의 시아버지 칼린은 2차 세계 대전 때 나치 독일군이었다. 아내를 위해 부엌 창 앞에 빽빽이 장미를 심고 여기저기 후원을 아끼지 않는 평범한 할아버지 칼린이 영화에서 봤던, 피 한 방울도 나지 않을 듯한 나치 군인이었다니! 나는 칼린이 나치 정권 때 군인으로 어디에서 뭘 하고 있었는지 궁금해졌다. 조심스레 묻자 칼린은 어제 일처럼 자신의 이야기를 들려줬다.

1925년 12월생인 그는 1943년 열일곱의 나이로 나치 정권에 징집됐다. 말 그대로 징집은 그의 선택 사항이 아니었다. 어린 나이에 전쟁터로 배정된 곳은 프랑스 서쪽에 위치한 항구도시 라로셸(La Rocelle)이었다. 그곳에서 패전 후 포로가 될 때까지 통신병으로 지냈다.

"자대 배치는 오로지 손가락에 달렸었지. 줄을 쭉 세워 놓고 너는 러시아, 너는 프랑스, 이런 식이었어. 러시아로 갔었다면 살아서 못 돌아왔을 거야."라며 눈물 글썽이던 칼린.

라로셸은 칼린이 자대 배치받던 당시 나치 독일의 점령지였다. 항구에 독일군의 잠수함 기지가 있어서 몇 차례 연합군의 공중 공격을 받았지만, 마을 사람들과는 별 마찰 없이 지냈다.

1945년 봄, 칼린의 부대에는 패전 분위기와 불투명한 미래에 대한 두려움이 팽배해 있었다. 불안한 날들을 보내던 중, 모든 병사는 무기를 내려놓고 손을 머리 위로 올린 채 집결하라는 명령이 떨어졌다. 1945년 5월 9일이었다.

나치 정권은 투항하지 말고 끝까지 싸우라고 했지만, 칼린의 독일군 사령관 에른스트 쉬르리츠(Ernst Schirlitz)는 명령에 따르지 않았다. 독일군은 라로셸시와 항구를 파괴하지 않고 프랑스군에게 넘겨주고, 프랑스군은 패전한 독일군을 공격하지 않겠다는 조건으로 두 나라의 군사령관들이 물밑 교섭을 벌였다. 그 성과로, 칼린을 포함한 독일군들은 의미 없는 죽음을 피할 수 있었다.

이러한 평화적 합의가 없었던 프랑스 남부의 해안도시 후와양(Royan)은 1945년 4월 교전에 의해 쑥대밭이 되었다. 만약 칼린의 군사령관이 평화적 양도라는 선택을 하지 않았다면 라로셸은 후와양처럼 파괴되었을 테고, 민간인 피해 역시 적지 않았을 것이다. 칼린 또한 살아 돌아오지 못했을 것이다.

북한의 핵 위협과 어느 대통령 후보의 대북 선제타격 논란을 보며 수년 전에 들었던 칼린의 이야기를 떠올린다. 지도자는 에른스트 쉬르리츠처럼 수백 수천의 생명을 살리기도 하고, 후와양의 독일 사령관처럼 부하들을 죽음으로 내몰기도 한다. 전작권 없이 선제타격이 가능한지 묻기도 전에 전쟁에 대한 공포가 스며든다. 제아무리 정밀한 선제타격이라고 해도 전쟁이다. 전쟁은 파멸이며 국민은 비참하다.

칼린 이야기

시아버지 칼린이 들려준 이야기다.

"마을 한가운데 있던 성당 첨탑에서 12시가 되면 종소리가 울려 퍼져. '정오구나. 점심 먹을 때가 됐네.'라고 생각했지."

칼린은 독일 나치 정권 때 소년병으로 징집되었다. 독일이 패전한 후 프랑스의 포로수용소에 갇혀 지냈는데 늘 배가 고팠다. 전쟁포로로 농가에서 강제 노역을 했는데, 오히려 그게 더 나았다. 일은 고되어도 배는 곯지 않았으니까. 뼈가 바스러지게 일하고 있으면 뎅그렁~ 뎅그렁~ 종소리가 울려 퍼졌다. 시계는커녕 변변한 밭일하는 장비도 없이 일하던 칼린에게 종소리는 12시가 되었으니 곧 밥 먹을 수 있음을 의미했다. 노역하던 농가에서 점심밥만큼은 넉넉하게 줬다.

전쟁을 겪고 포로 때의 배고픔 때문이었을까? 칼린은 밥을 남기지 않았다. 식당에서 남은 음식은 포장해 집으로 가져왔다. 배곯을 염려가 없을 듯한 요즘 세상에 칼린은 지하실 방에 비상식량을 빼곡히 쌓아 두었다. 남편과 갈 때마다 날짜가 간당간당한 것들을 챙겨 오며 '제발 그만 사서 쟁여두시라' 해도 소용이 없었다. 우리가 치운 자리는 다시 채워졌다.

어렸을 때 '독일 사람들은 셋은 모여야 담뱃불 성냥을 켠다.'고 종종 들었다. 설마 했는데 진짜다. 칼린이 그랬다. 칼린은 카페에서 가져오거나 기념품으로 받은 공짜 성냥을 서랍에 수북이 쌓아두었다. 라이터를 살 필요가 없었다. 성냥 하나를 켜려면 불붙일만한 것들을 옹기종기 모아놓고 하나씩 붙였다. 달랑 초 하나 때문에 성냥을 켜면 타다 남은 꽁지를 서랍에 넣어 두었다 재사용했다.

뭐하나 허투루 버리는 것이 없었다. 설거지한 물은 양동이에 모았다가 정원에 부었다. 폐지는 알맞게 잘라 메모지로 사용했다. 빈 아이스크림 통은 깨끗이 씻어서 차곡차곡 쌓아두었다. 받은 편지 봉투도 재사용했다. 신문 기사는 오려두었다 재사용한 편지 봉투에 넣어 일주일에 한 번꼴로 우리에게 보냈다. 칼린에게서 새 봉투에 든 편지를 받는 날은 내 생일이거나 아주 특별한 날이었다.

칼린은 스프링거 출판사(Springer Verlag)에서 30여 년 넘게 근무했다. 매달 2,800유로 정도(약 370만 원) 연금을 받으면서도 혀를 내두르게 근검했다. 평생 절약하면서 살았지만 자식들에게 책만큼은 아끼지 않았다. 동급생들은 선배들이 쓰던 교과서를 물려받았지만, 남편은 칼린이 사준 새 교과서로 공부했다. (독일 학교에서 새 교과서는 자비 부담이다. 대신 중고 교과서는 무상이다. 무상으로 사용한 책은 다시 반납해야 해서 필기는 금지다.)

칼린은 클래식을 즐겨 들었다. 바흐(Bach)와 헨델(Hendel)을 레코드판으로 듣는 것을 좋아했다. 음악을 들을 때면 검지를 허공에 휘적이며 박자 맞춰 흥얼거렸다. 시댁 거실에 있던, 건반이 누렇게 변한 피아노로 내가 찬송가를 치면 시어머니가 어느새 의자를 가지고 와

122

내 옆에 앉아 따라 불렀다. 거실 옆 서재에 있던 칼린도 슬그머니 문을 열어둬 아내와 며느리의 노래에 귀 기울이곤 했다.

칼린은 2017년 1월에 잠들었다. 병약했던 아내가 죽고 자식들마저 다 떠나버린 3층 집을 혼자 관리하다가 사다리에서 떨어졌다. 수술 후 중환자실에서 코마 상태로 일주일을 누워있다 끝내 깨어나지 못했다. 칼린 나이 91세였다.

수술 직후 400km를 달려가 중환자실에서 마주한 칼린의 모습에 억장이 무너졌다. 주렁주렁 달린 의료기에 의식 없이 누워있던 칼린이 딱 한 번 반응했다. 간호사가 남편의 이름을 불렀을 때였다. 공기 중에 퍼진 막내아들의 이름에 칼린의 눈썹이 미세하게 꿈틀거렸다.

'듣고 계시는구나. 아시는구나, 막내아들이 지금 여기 있는 거.'

나는 칼린의 머리맡에 그가 즐겨 듣던 바흐와 찬송가를 들려주었다. 그리고 말했다.

"고맙습니다. 독일에서 내 아버지가 돼주시고, 울타리가 돼주시고, 사랑해주셔서 정말 고맙습니다."

남편과 나는 칼린의 임종을 지키지 못했다. 오늘을 넘기기 힘드시겠다는 의사의 전화를 받고 다시 먼 길을 전속력으로 달려갔지만, 칼린은 우리를 기다려주지 않았다. 이제, 낮 12시 어디선가 뎅그렁~ 뎅그렁~ 종소리가 울리면 노역하며 점심밥을 기다리던 칼린을 떠올린다. 그와 가족으로 함께 했던 시간을 추억한다.

독일 사람들은 정말 쌀쌀맞을까?

독일에 사는 외국인들에게 독일 사람들에 대해 어떻게 생각하느냐고 물으면 대부분 '쌀쌀맞다', '차갑다'라고 말한다. 나도 그렇게 생각할까? 만약 내가 '그 사람들'을 만나지 않았다면 이 선입견을 깨는 데 오랜 시간이 걸렸을지도 모르겠다.

에피소드 하나

아주 오래된 이야기다. 따사로운 햇살이 비취는 5월 중순 어느 토요일, 누군가의 갑작스러운 제안으로 친구들과 당일치기로 라인(Rhein)강을 따라 자전거 여행을 했다. 계획 없이 떠나는 여행이 주는 설렘 가득, 우리는 제각기 끌고 나온 고물 자전거에 올라탔다. 라인 강변은 조깅하거나 산책하는 사람들, 그리고 우리처럼 자전거를 타는 사람들로 무척이나 붐볐다. 앞서거니 뒤서거니 신나게 자전거를 타고 있는데 일행 중 한 명의 자전거에 문제가 생겼다. 바퀴가 터져버린 것이다. 우리 중 아무도 수리 장비를 갖춘 사람이 없었다. 꽤 달려온 길이라 자전거를 끌고 되돌아가야 할 그 친구나, 아무 도움도 줄 수 없는 우리나 난감하긴 매한가지였다. 그때 자전거 하이킹을 하던 일행이 우리 앞에 멈춰 섰다. 자초지종을 들은 무리 중 한 남자가 자신의 자전거에 달린 가방에서 장비를 꺼내 터진 바퀴를 때우기 시작했다. 손이 더러워지는 것에 아랑곳하지 않고 바퀴를 때우던 중년의 아저씨. 독일 사람들은 쌀쌀맞다는 나의 선입견을 최초로 깨버린 고마운 사람이다.

에피소드 둘

역시 학생 때의 일이다. 방학 때 뷔르츠부르크(Würzburg) 대학에서 독문학을 공부하던 친구와 선배를 방문했다. 다음 날이 일요일이라 기독교 신자인 우리 셋은 교회에 가려고 버스에 올라탔다. 하필이면 그 많던 잔돈이 그날만 없었다. 나는 버스 기사에게 50마르크(Mark, 유로가 도입되기 전 독일 화폐) 지폐를 내밀었다. 기사는 잔돈을 요구했다. 우리 중 아무도 잔돈이 없다는 말에 기사는 시동을 끄며 퉁명스럽게 말했다.

"내게 거스름돈이 없습니다. 손님을 거부할 수는 없고, 그렇다고 공짜로 태울 수도 없으니 시동을 끕니다. 내릴지 말지 당신들이 결정하세요."

갑자기 시동이 꺼지자 버스 안이 술렁였다. 황당한 마음에 서둘러 버스에서 내리려 하자 중간쯤 앉아있던 중년의 아줌마가 우리를 불러 세웠다.

"무슨 일인가요?"

우리의 설명을 들은 아줌마는 내 버스비를 지불하고는-선배와 친구는 그 도시의 한 달 교통카드를 가지고 있었다- 기사에게 한마디 툭 던졌다.

"그렇다고 시동을 끄면 됩니까? 갑시다!"

버스 기사가 다시 시동을 걸자 아줌마는 자리로 돌아가 앉았다. 시동 꺼진 것보다 더 황당한 사건에 말을 잃고 서 있던 나를 밀치고 선배가 아줌마에게 다가갔다.

"도움을 주셔서 감사합니다. 연락처를 주시면 버스비를 돌려 드리겠습니다."

거듭 사양하며 괜찮다던 그 아줌마는 이렇게 상황을 종료했다.

"이렇게 하지요, 우리가 우연히 거리에서 마주치면 커피 한 잔 사 주세요."

이 아줌마의 말을 나는 지금껏 보석같이 마음에 담고 있다. 그 도시에서 공부하지 않은 나로서는 아줌마를 다시 볼 기회가 없었다. 선배나 친구 역시 그 도시를 떠날 때까지 아줌마를 만날 수 없었단다. 이제 그 버스비를 갚는 길은 나처럼 곤경에 처한 사람들을 돕는 것이리라. 얼굴도 생각나지 않는 아줌마. 내가 살면서 두고두고 꺼내보고 싶은 기억을 선물한 고마운 사람이다.

30년간 독일에 살면서 수많은 고마운 사람들을 만났다. 한국 갈 때면 식구들과 먹으라며 케이크를 구워오던 크리스타. 텃밭에 심은 산딸기로 여름마다 잼을 만들어 주던 리타. 멀리 살던 자식들 대신 시아버지 임종을 지켜줬던 한스 아저씨네. 작년 가을 직접 농사지은 호박 한 덩이를 나눠준 아홉 살 난 이웃집 꼬마 야콥.

물론 못돼먹은 사람들과의 기억도 적잖다. 그건 독일 사람이라서가 아니라 개개인의 인성 문제다. 못돼먹은 몇몇 한국 사람들처럼 말이다. 관공서 공무원들의 오만과 불친절은 독일 사회에서 조롱과 농

126

담의 단골 소재다. 손님이 아니라 파는 사람이 왕이고, 소비자가 아니라 기업이 갑이다. 오죽하면 독일은 '서비스의 사막(Servicewüste)'이라는 말이 있을 정도다. 그렇다고 이 모든 것이 독일 사람들의 쌀쌀맞은 근성 때문이라고 잘라 말할 수 없다. 허술한 직원 교육과 시스템의 문제다.

독일 사람들은 자신들만의 행동양식과 기질을 가지고 있다. 그들이라고 왜 정이 없겠는가. 다른 토양에서 자란 사고의 틀로 그들의 정서를 읽으려면 오해하기에 십상이다. C언어로 짠 코드를 Java 컴파일러에 돌리는 격이다. 노란 셀로판지로 세상을 보면 나뭇잎의 푸름과 파란 하늘도 누렇게 보이는 것처럼 말이다.

우리들의 축제

학생 때는 넉넉지 않은 주머니 사정 때문에, 직장 생활을 할 때는 시간이 여의찮아 한국에 자주 가지 못했다. 은퇴한 지금은 코로나로 묶여 옴짝달싹 할 수 없다. 참 얄궂다.

2~3년에 한 번꼴로 한국에 갈 때면 소풍날 받아놓은 아이처럼 들떠있었다. 인천 공항에서 짐을 찾아 게이트를 나서면 목을 길게 빼고 기다리던 가족들이 반가움 가득 우르르 다가왔다. 30년 동안 한결같은 풍경이다. 엄마가 늘 먼저 나를 알아보셨다.

"딸~"

공항에 있는 수많은 딸 중에 엄마 딸인 나는 단번에 그 부름을 알아챘다. 어딘가에 앉아계셨던 아버지가 서둘러 오셔서 나를 꼭 안아 주셨다. 족히 한 시간은 기다리셨으리라. 시간이 되면 언니, 남동생, 막냇동생이 부모님과 함께 나를 맞았다. 11시간 장거리 비행과 그전에 이미 3시간 넘게 프랑크푸르트 공항행 기차를 탔던 터라 몸은 지쳐있었지만 이보다 더 행복할 수 없는 순간이었다. 한국에 갈 때마다 부모님의 주름은 안 뵌 세월만큼 늘어났고, 형제들 머리털도 희끗희끗해져 갔다.

이제는 무릎 연골이 다 닳아 더는 공항에 나오지 못하고 집 앞에서 나를 배웅하시는 엄마. 아직 쨍쨍해서 당신의 차로 딸내미 공항에 데려다줄 수 있다고 고집 피우시는 아버지. 몇 해 전부터 연로하신 부모님 대신 언니나 남동생이 나를 인천 공항에 데려다줬다. 공항 버스 타고 가겠다고 말 꺼냈다가 본전도 못 찾았다.

"이제는 우리가 데려다줄게."

막냇동생은 도시락 가방을 들고 늘 공항으로 배웅 나왔다. 매번 새벽에 일어나 김밥을 싸고 내가 좋아하는 찹쌀 도넛 두 개까지 챙겨 오며 잔소리도 잊지 않았다.

"촌스럽게 기내 음식을 왜 못 먹어! 다음에 올 때 김밥 통 꼭 가지고 와."

한국에 가면 보통 3주 정도 머물렀다. 그 이상 휴가를 내기가 쉽지 않았다. 업무 일정이 빡빡한 남편과 같이 한국에 갈 참에는 그나마 2주밖에 시간이 없었다. 내가 있는 동안 부모님 집은 잔칫집이었다. 시차 때문에 아침에 일어나기가 힘들었지만 부모님과 한 상에 둘러앉아 먹는 밥을 어찌 포기할 수 있겠는가. 엄마의 찰진 도맛소리와 밥솥 추 딸랑거리는 소리는 독일의 고즈넉한 마을에 울려 퍼지는 교회 종소리 같았다.

나는 대부분의 시간을 가족과 보냈다. 주부인 언니와 막냇동생을 하루걸러 한 번꼴로 만나 놀면서 다음 놀거리를 궁리했다. 모처럼 서울에 나가 늦어지면 남동생 집에서 신세를 졌다. 조카들도 함께 온 가족이 2박 3일 여행을 떠나곤 했는데, 지난번 여행에서는 4세대가 함께 축구를 하는 진풍경이 벌어졌다.

내게 넘치게 후하고 더 못 해줘서 안달인 형제들이 나는 마음에 걸렸다. 나의 한국 방문 때마다 형제들의 지출이 만만치 않아 문득문득 마음이 무거웠다. 전라도 처가로 장가와서 이제는 장모님이 해주시는 푹 삭은 홍어찜을 나보다 더 잘 먹는 경상도 제부에게 나의 염려를 살짝 내비쳤더니 이런 고마운 말을 했다.

"저희도 각자 사는 게 바빠 실은 이렇게 자주 못 만나요. 처형이 오시면 덕분에 이렇게 만나요. 하루하루가 축제예요."

나의 방문을 축제라고 말해주던 제부. 기내 음식 못 먹는 나를 위해 새벽부터 도시락을 싸는 막냇동생. 내가 있는 동안 통째로 시간을 비워 껌딱지 하는 언니. 나한테 정신 팔린 언니 때문에 자주 혼밥 하던 형부. 남편에게 치맥의 신세계를 맛보게 해준 남동생. 출국 전날 독일 가서 먹으라며 형형색색 밑반찬 만들어 늦은 밤에 파주까지 먼 길 오는 올케. 나 도착하는 날 벌써 돌아갈 날 세워보며 눈물짓는 엄마 그리고 딸내미 다음에 또 볼 수 있으려나 아련히 바라보시는 아버지.

이 소중한 가족을 못 본 지 어느새 30개월이 지나고 있다. 부모님은 그사이 또 얼마나 작아지셨으려나. 나를 '독일 할머니'라고 부르는 언니의 손자 녀석은 아가에서 형아가 돼있겠다. 코로나 염병이 잠잠해져 나라 간의 빗장이 풀리면 우리들의 축제가 곧 다시 시작되겠지. 인천 공항 게이트에서 "딸~" 하고 부르는 엄마 목소리가 무척이나 그리운 오늘이다.

서화의 펭귄 인형

외국에서 오래 살다 보니 재주 하나가 늘었다. 내 손이 저울이 되었다. 처음 한국에 오갈 때는 일일이 가방 무게를 쟀지만 이제는 쓱 들어보면 견적이 나온다. 매번 독일로 가져올 짐이 그리도 많은지 내 손저울은 아슬아슬하다.

나는 체크인할 때 무게 초과로 짐 빼는 것이 끔찍이도 싫다. 등 뒤로 줄 서 있는 낯선 사람들 앞에서 지극히 사적인 영역을 열어젖힐 때면 투명망토라도 뒤집어쓰고 싶다. 더 질색인 것은 계획해서 꾸린 가방에서 계획 없이 뭔가를 꺼내야 한다는 점이다. 무게 초과한 가방에서 무엇을 빼내야 할지에 대한 순간적 판단은 '계획의 여왕'인 나에게는 너무나 무리한 요구다.

한국에는 아기자기하고 예쁜 것들이 참 많다. 다 가져오고 싶지만 어지간한 것들은 독일에서 산다. 우리 집에 예쁘고 앙증맞은 것 대신 튼튼하고 투박한 것들이 많은 이유다. 요즘은 거의 모든 한국 식품을 독일에 있는 온라인 몰에서 살 수 있다. 고로 이것들도 두고 온다. 그런데도 내 손저울은 늘 경고음을 울린다. '삑~ 무게 초과!'

내가 포기하지 못하고 가져오는 것들은 주로 책, 그리고 엄마와 올케가 해주는 밑반찬이다. "제발, 밑반찬 좀 많이 하지 마세요" 해도 내가 독일에서 어떻게 먹고사는지 직접 본 엄마는 내 말을 귓등으로 넘기신다. 엄마가 우리 집에 오셨을 때 냉장고에 밑반찬 하나 없었으니까. 퇴근해 돌아온 허기진 딸내미와 사위가 엄마가 해준 저녁밥을 마파람에 게 눈 감추듯이 먹어 치우는 것을 보셨으니까. 맛나게 먹는 우리 앞에 앉아 "헤고 불쌍한 것들, 어여 많이들 먹어."라며 추임새를 넣던 엄마는 내가 독일로 떠나기 전날에 아버지와 함께 명절 쇠는 장을 보신다. 그것으로 만든 밑반찬이 내 트렁크의 7할을 차지한다.

엄마가 만든 밑반찬은 두고 올 수 없으니 책을 줄여야 했다. 돈벌이에 필요한 책 외에도 소설과 에세이도 가져오고 싶었지만 무거워 엄두를 내지 못했다. 그러다 묘안이 떠올랐다. 양보다 질! 장편 소설 한 권 대신 《이상 문학상 작품집》 또는 《올해의 좋은 소설》 같은 단편 소설집을 샀다. 책 한 권에 예닐곱, 운 좋으면 열 권의 소설을 읽을 수 있었다. 게다가 상 받은 글들이니 작품성도 보장되었다. 한마디로 꿩 먹고 알 먹으며, 도랑 치고 가재 잡는 격이었다. 서재 책장을 보니 《이상 문학상 작품집》은 2015년까지 사왔다. 이후로 내게 전자책의 시대가 열렸다.

가방을 쌀 때면 나는 날이 서 있다. 제한 무게를 넘기지 않게 가방을 싸는 것이 간단치 않기 때문이다. 무릎이 불편한 엄마가 종일 만들어주신 밑반찬을 나는 차마 덜어내지 못한다. 엄마와 긴 실랑이 끝에 간신히 내 손저울이 그린라이트를 켤 때쯤 되면 올케가 들이닥친다.

"형님, 독일 가서 드시라고 밑반찬 해왔어요."

워킹맘인 올케는 퇴근 후에 장을 봐서 무늬도 고운 밑반찬을 종류

132

별로 만들어온다. 늦은 밤에 서울에서 파주까지 밑반찬 해오는 고마운 사람. 이것도 놓고 올 수 없다. 나는 다시 짐을 모조리 꺼내놓고 올케의 밑반찬으로 테트리스 게임을 한다.

독일로 떠나기 하루 전날 밤이었다. 엄마와 올케가 만들어준 밑반찬으로 짐 싸는 씨름을 하고 있는데 가방 속 귀퉁이에 손바닥만 한 펭귄 인형이 눈에 들어왔다. '이게 뭐지? 잘 못 들어갔나 보네.' 생각하며 방 한쪽 구석에 치워두었다. 다음 날 떠난다니 여기저기서 걸려오는 전화에 한눈팔다 다시 가방 속을 들여다보니 치워둔 펭귄 인형이 다시 들어가 있었다. 짐 싸는 것을 새초롬하게 지켜보던 여섯 살 조카가 수상했다.

"이 펭귄, 서화가 넣은 거야?"

"네, 고모 줄 거예요."

자기처럼 까맣게 생긴 펭귄을 고모가 눈앞 가방에 싣고, 아직 한 번도 가보지 않은 독일이라는 별나라로 데리고 갔으면 하는 그 간절한 눈빛을 나는 외면할 수 없었다. 내 손저울이 무게 초과라고 앵앵 울어대든 말든.

서화의 펭귄 인형은 꽤 오랫동안 우리 집 거실 장의 터줏대감이었다. 보고 있자면 내 한국 방문이 끝나갈 즈음의 아쉬움과 집 안 가득 배어 있던 밑반찬 냄새가 내 마음속에서 그리움으로 스멀스멀 올라왔다. 할머니와 엄마처럼 고모에게 자기도 뭔가를 주고 싶어 갖고 놀던 제 펭귄 인형을 몰래 가방 안에 넣어둔 서화. 그 꼬맹이를 반찬 냄새 가득한 내 마음속에서 반갑게 만나곤 했다.

지금은 내 인생의 하프타임

프랑크푸르트 국제 공항에서 출발한 비행기는 인천공항에 도착하기 30여 분 전부터 서서히 고도를 낮춘다. 단번에 내 귀가 막힌다. 물을 마셔보고 입으로 크게 숨을 쉬어봐도 소용없다. 착륙이 임박하면 막힌 귀가 팽팽하게 아려온다.

은퇴도 마찬가지였다. 14개월의 준비 기간을 가졌지만 은퇴의 충격은 적지 않았다. 매달 통장에 찍히던 월급이 사라졌다. 이럴 줄 알고 대책을 세워놨지만 팽팽한 귀 막힘은 어쩔 수가 없었다.

회사를 그만둔 지 얼마 안 돼서 아버지의 전화를 받았다.

"딸, 너 이제는 실업자니까 분기별 100만 원 용돈은 그만 보내. 대신 한 달에 10만 원씩 아빠 통장에 넣어."

'아버지, 저 실업자 아니고 은퇴자예요!'

아버지에게 은퇴자와 실업자는 동의어인가 보다.

남편과 나는 20년 동안 부모님께 석 달에 한 번꼴로 100만 원 용돈을 드렸다. 구순을 바라보시는 아버지는 '실업자' 딸내미가 드리는 용돈을 대폭 깎아주셨다. 은퇴를 실감했다.

내 건강보험 카드의 이름 앞에는 'Dr.'라고 쓰여있다. 독일에서는 박사학위를 한 사람의 신분증에 'Dr.'를 표기한다. 병원에 진료받으러 가면 의사들이 무슨 박사인지, 하는 일은 뭔지 묻곤 했다. 올봄,

처음 간 동네 병원에서 의사가 내 직업을 물었을 때 나는 얼떨결에 소프트웨어 개발자라고 말했다. '은퇴해서 더 이상 일하지 않는다.'라는 말이 목구멍에서 나오지 않았다.

내가 원해서 한 은퇴에, 내가 떳떳하질 못했다. 그렇게 바라던 은퇴였는데 막상 직업을 묻는 말에 허둥거렸다. 집에 돌아와서 꾹꾹 눌러 적은 'Todo' 포스트잇 하나를 벽에 붙였다.

'직함 빼고 이력 빼고, 은퇴 후 명함을 만들 것!'

내가 누구인지 직업과 이력으로 설명하던 때는 지났다. 갓 은퇴한 지금은 이름 석 자 외에 쓸 내용이 없지만 이 또한 살면서 채워가야지.

올봄 마네킹에 입혀놓은 옷을 샀지만, 입고 나갈 데가 없었다. 그나마 남편이 병원에 입원하는 바람에 병문안 차 몇 번 입어볼 수 있었다. 청바지에 티셔츠가 나의 오피스룩이었다면, 요즘은 집 근처에 등록한 헬스장에 가거나 등산할 때 입는 운동복과 등산복이 내 외출복이다. 새 옷 대신 등산 장비가 하나씩 늘고 있다.

은퇴해도 나는 여전히 바쁘다. 입술이 위아래로 번갈아 가며 부르튼다. 큰맘 먹고 산 해먹 의자에는 먼지만 쌓이고 있다. 멍때리고 앉아있지를 못한다. 시간과 사투를 벌이던 전반생에서 한 발짝도 나아가지 못한 느낌이다. 할 일이든, 하고 싶은 일이든 뭔가 하지 않으면 마음이 불편하다. 나 자신에게 묻는다.

'너 대체 왜 그렇게 바쁜데?'

지금은 내 인생의 하프타임. 시간을 두고 새길을 걷기 위해 내게

부여한 시간이다. 아직 은퇴라는 선물을 제대로 누리지 못하고 우왕
좌왕하지만 보채지 말고 타박도 하지 말자. 오십여 년의 생활방식을
어떻게 쉽게 바꿀 수 있겠는가.

먼저 '은퇴 활주로'에 도착해 돌아보니 남편 역시 은퇴를 향해 서
서히 고도를 낮추며 착륙을 준비하고 있다. 올해 6월부터 남편은 주
40시간 근무 시간을 30시간으로 축소했다. 나는 지금의 하프타임 동
안 그간의 생활 리듬을 바꾸는 훈련을 하며 은퇴가 멀잖은 남편을
기다린다. 그의 소프트랜딩을 있는 힘껏 응원한다.

우리들의 놀이터

"우리, 놀이터 만들래?"

양평에서 꽃 심고 그림 그리며 사는 언니의 전화다. 형제들이 모두 은퇴하면 같이 놀 공간을 만들어 보잔다. 언니가 말하는 놀이터는 사무실이나 방 한 칸 개념이 아니라, 집 딸린 땅이다. 땅을 사서 집을 짓기에는 건축자재값이 많이 올랐으니 큰 텃밭이 있는 시골집을 사서 우리들의 놀이 공간으로 개조해 놀자고 한다. 솔깃한 제안이다.

형제들이 놀이터에서 같이 놀 마음이 있다면, 형부의 정년퇴직 후 우리들 곁으로 이사 오겠단다. 부모님과 막냇동생네가 이미 살고 있고, 내년이면 우리 부부도 들어가 살 파주로 말이다. 우리들의 놀이터는 각자의 거주지에서 이동 거리 15~20분 정도의 파주 외곽에 있는 땅으로 좁혀진다. 이보다 멀면 매일 가서 놀고픈 마음이 사라질 수도 있다.

놀이터는 놀이터일 뿐이다. 같이 놀다가 해 떨어지면 자기 집으로 돌아가는 것처럼. 투자가 아닌 놀자고 하는 일이니 큰 부담 없이 조금씩 보태 놀이터를 만들어 '각자' 하고 싶은 것을 하며 '같이' 노는 상상을 해본다.

언니는 정원을 가꾸고 텃밭 농사 10년 차인 형부는 온갖 채소를 기른다. 볕 잘 드는 통창 가에 앉아 언니는 그림을 그리고 나는 마주 앉아 책을 읽고 글을 쓴다. 남편은 독일식 통곡물빵을 만들고 과수원 집 아들내미인 제부는 포도를 심는다. 막냇동생과 남동생네는 뭐 하면서 놀려나? 낚시 좋아하는 동생은 임진강 어딘가에서 잡은 물고기로 매운탕을 끓여 줄 거다. 생각만으로도 입꼬리가 올라간다.

우리가 농사지은 것들과 갓 구운 빵으로 이틀 정도 오일장을 열어 파는 것은 어떨까? 우리들의 놀이터가 5일마다 장터로 바뀌는 거다. 겨울에는 말린 허브로 우려낸 차를 화덕에 구운 고구마와 함께 팔아도 좋겠다. 이렇게 세상과 소통하며 용돈도 벌고 놀이터 운영자금도 조달하면 좋을 듯하다.

가만 보면 다들 재주꾼들이다. 20여 년 넘게 어린아이들 교육에 힘써온 남동생네, 소프트웨어 개발자로 자기 사업을 하는 제부, 외국인을 위한 한국어 교육이 가능한 막냇동생, 내년이면 고등학교 국어 교사로 정년퇴직하는 형부, 플로리스트이며 아티스트인 언니, 그리고 중국어와 영어에 능숙한 남편과 추진력 하나는 끝내주는 나. 우리 여덟이서 머리를 맞대면 나라도 구하겠다!

우리들의 놀이터가 각자의 재능을 모아 나눔과 봉사의 장소로 활용돼도 좋겠다. 각자 하고 싶은 것을 하면서 같이 노는 놀이터라니!

은퇴자들이 공동체 생활을 하는 곳이 한국에서도 생겨나고 있다. 나의 오랜 친구 하나는 중증 장애인들을 교육하고 돕는 기관의 장이다. 은퇴하면 동종업계 사람들과 공동체를 이뤄 살겠다고 한다. 노년의 외로운 일상을 넘어, 함께 일하며 더불어 살고자 하는 움직임이 한국 사회에서 일고 있다.

노년의 공동체 생활에 관한 정보를 찾다가 은퇴 선배인 윤기평 작가의 책 ≪노년의 외로움을 넘어서≫를 읽었다. 우리들의 놀이터가 저자가 제안하는 '도농 복합형 생활공동체'와 많이 닮았다.

> '도농 복합형'이라는 말은 가족과 함께하는 도시의 가정생활을 베이스캠프로 삼고, 한편으로 가족이 아닌 다른 동료들과 시골 생활을 공동으로 한다는 뜻이다. [...] '도농 복합형 생활공동체'의 가장 뚜렷한 특징은 도시의 은퇴자들이 각자의 도시 생활을 유지하면서 공동으로 농가 주택을 마련하여 그곳에서 일상의 일부를 영위한다는 점이다.
>
> — ≪노년의 외로움을 넘어서≫(윤기평 저 / 생각나눔)

저자는 생활공동체로 승화된 '노년의 뭉침'으로 외로움을 극복하고 후반생을 사는 재미와 의미를 찾을 수 있다고 조언한다.

우리들의 놀이터는 동료들 대신 형제들과 놀 곳이다. 일단 놀이터에서 함께 놀아보는 거다. 같이 노는 것이 좋아서 집으로 돌아가기 싫으면 아예 울타리 없이 모여 살아볼까?

형제들의 은퇴 시기가 다르니 처음부터 다 같이 놀 수는 없다. 내가 먼저 은퇴줄을 끊었고, 내년이면 남편과 형부가 은퇴한다. 우리 부부와 언니네가 놀이터에서 먼저 놀고 있으면 나중에 두 동생네도 같이 놀자고 하겠지. 갑자기 마음이 급해진다. 당장 언니에게 전화해 놀이터 궁리를 해야겠다.

유서를 쓰다

나는 청바지를 입고 하늘나라에 가겠다. 위에는 하얀 티셔츠가 좋겠다. 기왕이면 내가 즐겨 쓰던 모자를 씌우고, 즐겨 신던 운동화도 신겨 달라. 평생 한 번도 입어보지 않은 수의를 입히지 마라. 서걱대는 삼베옷을 입고 엉거주춤하게 가지 않겠다.

- ≪어느 날 나는 그만 벌기로 결심했다≫(김영권 저 / 살림출판사)

올봄에 읽었던 김영권 작가의 말이다. 그의 책 ≪어느 날 나는 그만 벌기로 결심했다≫는 인생의 하프타임과 후반생에 대해 내게 많은 영감을 줬다. 내게도 삼베옷을 입히지 말라고 당부하려 이 유서를 쓴다.

❝잘 아시다시피, 제가 새 옷을 사서 먼저 하는 일이 상표 떼기예요. 목덜미에 닿는 까칠한 감촉이 싫어서요. 그러니까 제게 삼베옷이나 상표 떼지 않은 새 옷을 입히지 말아주세요. 제가 따로 준비해 두지 않았다면 평소 즐겨 입던 옷을 입혀주세요.

늘 당부드렸듯이, 저를 땅에 묻지 마세요. 화장해 주세요. 태운 재마저 담아두지 마세요. 당신들의 기억 속에 살아있을 테니 저를 만나러 추모공원으로 굳이 먼 길 떠나실 필요 없어요.

저는 인위석으로 생명을 연장하고 싶지 않아요. 장기 기부
역시 하지 않을래요. 저는 집에서 죽음을 맞고 싶어요. 장
례는 집에서 조촐히 치러주세요. 가족 중 누군가 말씀을
전하고 예배를 드리면 좋겠어요.

장례식에는 상복 말고 멋지게들 차려입고
오세요. 우리들의 축제는 하늘나라에서도
계속될 테니 너무 슬퍼하지 마시고요.

고마워요, 그리고 사랑합니다. ❞

여기까지는 나의 희망 사항. 장례는 죽은 자를 위한 의식이 아니
다. 남은 자들을 위로하기 위함이다. 나의 희망 사항과는 거리가 먼
장례였다고 나중에 만나 따져 묻지 않을 테니 내가 사랑하는 이들에
게 조금이라도 위로가 되는 방식으로 남은 자들이 결정하라.

노파심으로 하는 말인데, 올 초에 받은 건강검진 결과에 따르면
나는 아주 건강하다. 삼베옷 입힐까 걱정돼서 미리 써 본 것이니 놀
라지 말길.

나는 재밌게 살기로 했다

나는 아직 '은퇴 후 무엇을 할 것인가?'라는 질문에 답을 얻지 못했다. 한 문장을 세 번 정독해도 이해가 안 되면 나의 이해력이 부족한 게 아니다. 둘 중 하나다. 저자도 모르거나, 읽는 이의 입장에서 쓰지 않았거나. 반년이 지나도록 답을 얻지 못한 질문이라면 역시 둘 중 하나다. 답이 없거나, 답하는 자의 입장을 고려하지 않은 뭉뚱그린 질문이거나.

이제 질문을 다시 들여다볼 때이다. '은퇴 후 무엇을 할 것인가?'라는 질문을 더 쪼개 보자.

은퇴 후 나는

1. 무엇을 할 수 있을까?

2. 무엇을 하면 좋을까?

3. 무엇을 하고 싶은가?

하나의 물음에 세 질문이 숨어있다. 이러니 답을 못 찾은 것이다.

첫 번째 질문은 내가 잘하는 것을 은퇴 후에 하는 경우다. 내가 잘하는 것? 많다. 분석, 계획, 끈기, 추진력 같은 소프트 스킬 외에도 지금껏 소프트웨어를 개발하며 쌓아온 지식과 경험은 최고다. 그럼, 이걸 은퇴 후에도 계속하고 싶냐고? 오우 노우~

잘하려고 부단히 노력했고 잘해서 즐거웠지만, 겹겹이 쌓이는 스트레스가 독이 되어 한밤중에 나는 쓰러졌다. 취미나 재능기부 차원에서 스트레스를 최소화하며 일할 수도 있지만, 소프트웨어 개발 세계는 빠르게 변하고 공부량도 꽤 많다. 대충 이 세계에 발 담그고 할 일이 아니라는 거다. 내 성격상 대충 하지도 않을 테니 스트레스가 또다시 내 숨통을 조여올 것이다. 더는 나를 넘어뜨리는 스트레스를 이고 지며 살고 싶지 않다.

이제 두 번째 질문을 들여다보자. 나이 들어 배워두면 좋을 것들로 뭐가 있을까? 부모님 연로하시고 형제들도 나이 들어가니 요양보호사 자격증을 따 볼까? 중국어 잘하는 남편과 '지구 밖으로 행군'하려면 중국어를 배워둬야 하지 않을까? 수지침과 응급처치법을 배워보면 어떨까? 흠... 모두 유용한 지식이지만 열정이 생기지 않는다.

세 번째 질문은 하고 싶은 것을 하면서 사는 삶이다. 내가 잘하는 것이 하고 싶은 것이고, 은퇴 후 삶에 이득이 되면 좋으련만 세 가지를 버무려놓으면 또다시 원점으로 돌아간다. 잘하는 것과 유용한 것은 제쳐두고 황당무계하더라도 내가 하고 싶은 것이 무엇인지 물어야 한다.

첫 번째와 두 번째 질문을 생각할 때는 뿌연 안갯속 같던 머릿속이 하고 싶은 것이 뭐냐고 물으니 비 온 후 하늘처럼 파랗게 갠다. 은퇴 후 한국에서 제일 하고 싶은 것은 모든 서울 지하철 노선을 타보는 것이다. 지하철을 타고 서울을 속속들이 들여다보고 싶다. 내가 태어나 자란 곳인데 나는 서울의 서너 귀퉁이 정도만 알고 있을 뿐이다.

143

서울의 모든 둘레길을 걸은 후에는 지경을 넓혀 전국의 둘레길과 산성길, 그리고 호숫길에서 땅 밟기를 하고 싶다. 독일에서 현란하게 좌우 수신호 주며 타던 실력으로 자전거 전국 일주도 하고 싶다. 제주 1년 살기, 동해 1년 살기, 산골 1년 살기 또한, 해보고 싶다. 영상 편집을 배워 언니가 온갖 꽃으로 가꾸는 정원을 계절마다 기록해주고 싶다. 나의 엄마 고 권사님은 성가대를 강권하시겠지만, 나는 문화센터의 합창단에서 가요를 부르고 싶다. 어느 날 최백호의 '낭만에 대하여'를 들으며 느꼈던 전율은 지금도 생생하다. 이 노래는 어릴 적부터 찬송가로 차곡차곡 채워진 나의 측두엽에 신세계를 보여줬다. 한정식 먹다가 처음 맛본 소머리국밥이랄까. 최백호 콘서트에 가서 내 또래 사람들 옆에 앉아 양손 치켜들고 좌우로 리듬 타며 '낭만에 대하여'를 떼창으로 부르고 싶다. 그전에 도라지 위스키 맛부터 봐야지. 세상에나, 이렇게 하고 싶은 게 많다.

'무엇을 하고 싶은가?'라는 질문에 생기가 돌고 심장이 팔딱거린다. 쥐어짜지 않아도 머릿속에서 술술 흘러나온다. 하고 싶은 일들이 적힌 포스트잇들로 방 한쪽 면이 단숨에 도배된다. 이쯤 되면 하고 싶은 것을 하며 사는 것이 맞다.

나는 은퇴 후에는 하고 싶은 것들을, 좋아하는 것들을 하기로 한다. 나의 이런 생각에 쐐기를 박는 글을 얼마 전에 읽었다.

무엇을 하고 놀 때 더 즐거운지, 자신에게 자꾸 물어보세요. 인생을 사는 즐거움은 재미에서 나옵니다. '나는 무엇을 할 때 즐거운가?' 그것을 찾아내는 것이 진짜 공부입니다. 100세 시대, 우리는 아주아주 긴 시간 놀아야 하니까요, 지금 이 순간 즐거운 놀이를 찾아 열심히 놀아봅시다.

- 《매일 아침 써봤니?》(김민식 저 / 위스덤하우스)

'어떻게 살 것인가?'라는 질문에 오래전 내가 찾은 답인 '하나님께 감사하고 즐겁게 살자.'와 맞닿아있다. 김민식 작가의 말대로 일이든 봉사든 즐거워야 지치지 않는다. 생각대로 되지 않아도 과정을 부인하지 않는다. 하는 동안 즐거웠으니까. 헛되다고 자책하지 않는다. 지혜꾼 솔로몬 왕도 이런 말을 하지 않았던가.

사람이 자기 일에 즐거워하는 것보다 나은 것이 없나니

- 전도서 3:22

그리고 보니 '은퇴 후 무엇을 할 것인가?'가 아니라 '은퇴 후 어떻게 살 것인가?'가 적확한 질문이었나 보다. 하고 싶은 것들을 하나씩 해보자. 나의 전문 분야와는 거리가 멀고 생뚱맞아도 익숙하지 않다며 미리 포기하지 말자. 어차피 은퇴 후 삶은 내게도 처음 들어서는 길이다. 그 길에서는 더 이상 조바심 낼 필요가 없고 냅다 앞으로만 내달리지 않아도 된다. 쉬엄쉬엄 주위도 둘러보자. 하고 싶은 일을 하다가 즐거우면 잘해보자. 즐거운 놀이를 찾아 재밌게 살아보자. 내가 즐거워야 주위에 선한 영향력도 끼칠 수 있다. 'Happy wife, happy life!'라고 말하는 내 남편의 행복한 삶이 나의 즐거움에 기인하니 나는 더더욱 즐겁게 놀아야겠다. 은퇴 후 재밌을 나의 삶을 열렬히 응원한다. 이번에는 홧팅 말고 야호다!

에필로그

이 책을 쓰는 동안 독일에서의 30년이 주마등처럼 스쳐 지나갔다. 오만 감정이 다 들었다.

그래, 그때는 막막했었지.

내가 이런 일도 했었구나, 대견하네.

아~ 창피해서 죽는 줄 알았지.

엄청 마음 졸였지. 그거 아니면 세상이 끝나는 줄 알았으니까.

맞아, 뭉클했어.

참 감사하다.

피식 웃다가, 혼자 중얼거리다, 끝내 마음이 먹먹해져 한동안 글을 쓰지 못한 채 앉아있곤 했다. 은퇴 후 독일 도나우 동네에서 7개월 간 글을 쓰며 나는 전반생과 공들여 이별했다.

또다시 출발선에 서 있다. 은퇴 후 내 명함에는 전반생의 직함과 이력이 빠진 이름 석 자만 덩그러니 적혀있다. 이 소박한 명함을 손에 쥐고 나는 또 어디로 비상할까?

고국에서 막이 오르는 후반생은 화려하고 강렬한 유화가 아니라 물에 자연스럽게 번지는 맑은 수채화였으면 한다. 일상의 소소한 행복을 텅 빈 화폭에 그려갈 채비를 마친다.

나는 그만 열심히 살기로 했다

발 행 | 2022년 09월 01일
저 자 | 이현주
펴낸이 | 한건희
펴낸곳 | 주식회사 부크크
출판사등록 | 2014.07.15.(제2014-16호)
주 소 | 서울특별시 금천구 가산디지털1로 119 SK트윈타워 A동 305호
전 화 | 1670-8316
이메일 | info@bookk.co.kr

ISBN | 979-11-372-9389-2

www.bookk.co.kr